悦读文库

所有的果实，
都曾是鲜花

楮墨 著

江西教育出版社
JIANGXI EDUCATION PUBLISHING HOUSE

图书在版编目（CIP）数据

所有的果实，都曾是鲜花 / 楮墨著. -- 南昌：江西教育出版社，2017.6
（悦读文库）
ISBN 978-7-5392-9481-0

Ⅰ.①所… Ⅱ.①楮… Ⅲ.①故事－作品集－中国－当代 Ⅳ.①B821-49

中国版本图书馆 CIP 数据核字(2017)第 092515 号

所有的果实，都曾是鲜花
SUOYOU DE GUOSHI DOU CENGSHI XIANHUA

楮墨　著

江西教育出版社出版

（南昌市抚河北路 291 号　　邮编：330008）
各地新华书店经销
江西新华印刷集团有限公司印刷
720 毫米×1000 毫米　　16 开本　　13 印张　　字数 180 千
2018 年 1 月第 1 版　　2018 年 1 月第 1 次印刷
ISBN 978-7-5392-9481-0
定价：26.00 元

赣教版图书如有印装质量问题，请向我社调换　电话：0791-86710427
投稿邮箱：JXJYCBS@163.com　　　电话：0791-86705643
网址：http://www.jxeph.com

赣版权登字-02-2017-730
版权所有　侵权必究

序言

威尔逊说过，我们因梦想而伟大，所有的成功者都是大梦想家：在冬夜的火堆旁，在阴天的雨雾中，梦想着未来。有些人让梦想悄然绝灭，有些人则细心培育、呵护，直到它安然度过困境，迎来光明和希望，而光明和希望总是降临在那些真心相信梦想一定会成真的人身上。

是的，我们每一个人都应该心怀梦想。只有心怀梦想，机遇才会笼罩你。只有心怀梦想，才有机会梦想成真。如果把一个人的生命比作小船，那么梦想就是小船的风帆。风帆能够根据风吹来的方向不同调整角度，以有效利用风能推动船前进。让我们有目标地前行，不迷失方向。一条小船一旦失去风帆，后果可想而知。而一个有血有肉的人，一旦失去梦想，那他的生活将会摇摇欲坠。

也许在实现梦想的路上，我们会遇到这样或那样的困难，诸如拮据的经济、生不逢时的境遇以及压得我们喘不过气的苦难等。但请记住，一定不要放弃你最初的梦想，因为只要梦想存在，总有改变处境的可能。

心怀梦想，我们还要懂得坚持和付出。马云曾说："有梦想的人非常多，但能够坚持的人却非常少。阿里巴巴能够成功，是因为我们坚持下来。在互联网激烈的竞争环境里，我们还在，是因为我们坚持，并不是因为我们聪明，有时候傻坚持比不坚持要好得多。"

　　生活中有些人不但不聪明，而且还遭遇了一系列难以想象的磨难。这些人如果能够心存远大的梦想，不轻易放弃，勇于和艰难险阻做斗争，那么，梦想总有实现的可能。美丽的七彩虹不总是出现在疾风骤雨之后吗？

　　本书中一个个情节感人、发人深省的故事，一个个鲜活、励志的人物形象正是诠释了这些道理。在实现梦想的过程中，如果生活和命运亏待了你，那一定不能妥协，要像蜗牛一样坚持！请坚信沙漠也有变绿洲的可能，路人甲也会有自己的春天。心怀梦想，终有一天你会发现，是那些艰难的时刻成就了我们，而那些苦难也是化了妆的祝福，是我们实现梦想的铺路石。

　　其实，古代头悬梁、锥刺股，以及囊萤映雪的故事仍然适用于今天，古代人在如此艰苦的环境中都能怀揣梦想，坚持梦想，生活在新世纪的我们难道就做不到吗？对，我们能做得到，我们可以先给梦想定一个个小目标，然后一个目标一个目标地攻破，最终你会发现梦想没有那么遥不可及。

　　不知你的梦想之路是披荆斩棘还是一路高歌，无论怎样，请你都要用心地体悟本书的故事，它对于陷入迷茫的你就如雪中送炭，对于顺风顺水的你就如锦上添花。因为故事中的主人无论是草根还是明星，无论是平民百姓还是商界名人，他们都一直是心怀远大梦想，克服重重困难后，才终于迎来机会，改变已有的命运。

目录

第一辑
安琪拉的心语

路人甲也有春天 /2
为梦想打工 /5
沙漠变绿洲 /8
安琪拉的心语 /11
把梦想悬挂在墙上 /14
这是我儿子的鱼 /17
一滴泪掉下来要多久 /20
像蜗牛一样坚持 /23
学渣双胞胎逆袭北大 /26
从来不信无路可走 /29

心中有梦，就不会荒芜 /32
周而复始活几次 /35
再试一次 /38
有梦想的青春，才能任性 /41
用石头摆出的人间奇迹 /44
心中常亮一盏灯 /47
成长是一条荆棘路 /50

第二辑
一根必须后天努力的木头

胜者为王 /54
品尝声音味道的青年 /57

改变就在一瞬间 /60
是艰难成就了我们 /63
像刘雯一样去战斗 /66
苦难是铺路石 /69
贫寒是凛冽的酒 /72
毛毛虫怎样过大河 /75
硬币花 /78
骆驼定律 /81
餐馆里的哲理课 /84
苦难，是化了妆的祝福 /87
一根必须后天努力的木头 /90
假如命运亏待了你 /93
不向命运妥协的人 /96

第三辑
梅花一样的女孩

梅花一样的女孩 /100
半路"出家"的奇迹 /103
"银花"与吴老 /106
来自大山里的歌声 /109
从"便利店"里出来的著名演员 /112
黑白琴键成就音乐梦 /115
桥之梦 /118
人生的一百二十七个愿望 /121
守候最初的梦想 /124
现实与理想的抉择 /127

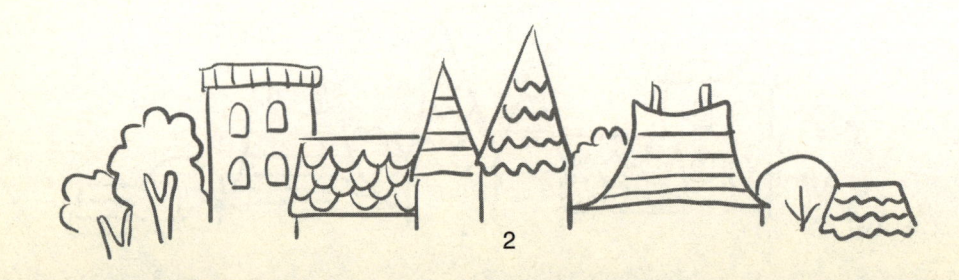

坚持自我 /130　　　　画老虎的人 /162

映雪苦读 /133　　　　微笑着活下去 /166

用童话征服世界 /136　　小个子的篮球梦 /169

只要有梦，什么时候开始都不算晚 /139　　小石头的舞蹈梦 /172

一个小兵的将军之路 /176

第四辑
一只猫的生财之道

少年康熙智擒鳌拜 /180

学到老的精神 /183

有一颗贵在坚持的心 /186

不要被保证的未来 /144　　不要让梦遥不可及 /189

不只是作为一名实习生 /148　梦想没有大小 /191

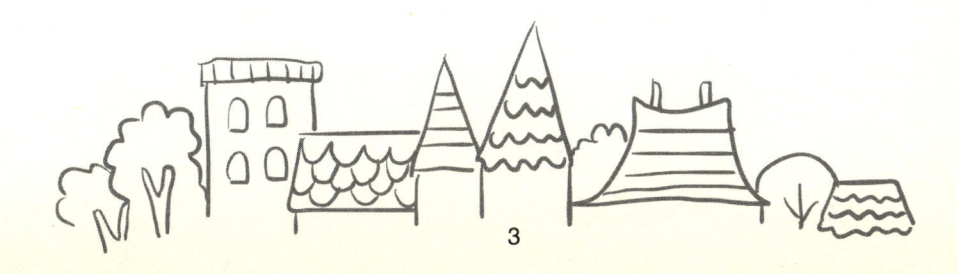

倒过时间 /151　　　　一只猫的生财之道 /194

考研之战 /154　　　　理想与现实并存 /196

母爱无言 /158

第一辑

安琪拉的心语

所有的果实，
都曾是鲜花

路人甲也有春天

她和大多数普通女孩一样，毕业后找了一份朝九晚五的工作；但她又和其他的普通女孩不一样，她并不满足于自己的稳定工作。她就是电影《我是路人甲》的女主角王婷。

王婷本是一家公司的文员，每天的工作就是端茶、倒水，登记表格，复印资料等。家人说，女孩子嘛，有份没有压力的稳定工作挺好，可她却不这么认为，她觉得这样的工作过于简单，过于单调，她想从事更有挑战性的。家人劝她，现在就业压力这么大，文员的工作都好多人争呢，别不知足，但她就是觉得在这样的工作岗位找不到自己的价值。

家人不理解，她就给闺蜜打电话诉苦，她说："我现在的工作朝九晚五，今天甚至都能知道明天做什么，天天重复来重复去，没什么意思，我真想体验一下新生活。"

闺蜜开玩笑道："想体验新生活？除非做演员、当明星！你上学时不挺爱演节目的嘛！"

王婷却认真地说："其实我对演戏还真挺感兴趣的！"

闺蜜说："好好上班吧，别做白日梦了！演员可不是那么好当的！"

王婷说："一个人要是没有梦想，和一条咸鱼没什么差别！我还真有当演员的梦想。"

闺蜜的一句玩笑话,没想到点燃了王婷心中的梦想火苗,她真的决定试一试。这年春节过后,王婷瞒着家人辞了职,一人独自去了横店,成了数千"横漂"中的一员。

王婷只是上大学时爱好表演,学校有什么文艺活动,她都积极参加。她还是她们学校的文艺部部长。但这些算不上什么,她毕竟不是演艺科班出身,"横漂"半年来,她吃了不少苦,开始根本没有人注意到她,第一个月她什么活都没接到。后来才慢慢有机会做上群众演员,但群演连个露脸的机会,甚至一句台词都没有,在镜头中就是一闪而过。

但王婷觉得也很满足了,因为她喜欢拍戏,苦一点无所谓。戏多时她每个月能拿到三千多元,戏少时拿一千多元。即便每个月只拿到一千多元,王婷也能存下一半左右。因为有戏时她跟着剧组吃盒饭,没戏时买来挂面吃一周,扣除每月四五百房租,不买衣服,剩下的钱都能存下来。

在做群演的时候,有人建议王婷花钱找"戏头"帮手,所谓"戏头"帮手就是能够帮助揽到"高片酬"活儿的人,但王婷却说:"演员靠的是演技,我不来这一套,说不定哪一天,我能被导演选中呢!"

在做了七八个月的群众演员后,她做梦都没想到,自己竟遇到了尔冬升导演。导演尔冬升在谋划片子《我是路人甲》。该片讲述的是一群在横店当群众演员的人身上发生的故事。他们多数不是科班毕业,只是怀揣着对影视表演的爱好,而一头撞进横店的年轻人。这部片子挑选演员时,有特别要求,就是不需要特约演员,只要没有多少演技的"群众"。在挑选"主角"时,王婷的一个朋友把王婷的照片拿给演员统筹看,就这么一看,就被看中了。很快,王婷走进了尔冬升的视线。

尔冬升问王婷的第一句话是:"你为什么来横店?"

王婷的回答很简略:"来这里,我只是想当个演员。"

就这样王婷被选为这部片的主角。在一段时间的专业培训中,王婷特

所有的果实，都曾是鲜花

别认真，因为她很珍惜这个来之不易的机会，她想努力地演好自己的戏，想让尔导满意。

电影开拍，王婷瘦到了九十斤左右。电影第一阶段拍摄完毕后，王婷回到了温岭老家。临走前，剧组要求她千万不要胖起来。因为是夏天，天气太热，东西也吃不下，她不但没胖反而又瘦了不少。回到剧组，又嫌她太瘦了，然后王婷又开始增肥。为了短时间内能胖起来，王婷需要每天大量进食。但其实，她那时吃不下太多东西，吃完后也不消化。为了达到剧组的要求，王婷只好一边吃消食片一边增肥。

历经一年多的时间，《我是路人甲》拍摄完毕，并在全国各大影院提档公映，反响良好。之后尔冬升导演给予了王婷最高评价："平时就像邻家女孩，并不亮眼，但她一上镜，不同的造型就会有不同的样貌，有时我看着现场的她，再看看监视器里的她，就像两个人，很奇妙。"

"路人甲"也有春天！王婷从一个群众演员，经过不懈的努力最终有机会成了主演。一个普普通通的女孩，相貌一般，没有显赫的家庭背景，也没学过专业的表演，如果不是心中一直藏着表演的梦想并朝这个方向努力，如果不是笑中带泪地去追寻着未来，也许她这一辈子也成不了演员，更别说主演。只要不畏生活的"严寒酷暑"，路人甲终究会有自己的春天。

第一辑
安琪拉的心语

为梦想打工

亮高考落榜了，这段时间他的心情一直很低落，茶不思饭不想。

亮爹安慰他说："儿子，上大学虽然能走出咱这穷山沟，但上不成大学你也不一定就一辈子窝在这里，你可以去外面闯一闯，说不定就闯出一片天地来。"

亮之前从没离开过家里，高中也是在镇上读的。对于大城市，对于外面的世界一片茫然。亮爹嘱托村里的几个常在外面工地上干活的人，让他们带着亮出去闯一闯。

亮临走前，亮爹对亮说："儿子，你是有梦想的孩子，到了工地，也不要忘记自己的梦想……"

亮跟随村里的同伴一起去了工地。在来工地的路上，村里的同伴告诉亮，要是工头问他干没干过这样的活，一定要说干过。果然到了工地，工头见了带有几分书生气的亮，问道："小伙子，工地上的活又累又脏，你能干得来吗？"亮坚定地说："我能行的。"

亮的任务是扛钢筋。第一天亮觉得肩上的钢筋有千金重，压得他直不起腰，喘不过气。一天下来，肩膀都磨破了，浑身像散了架一样。工友对亮说："你且得锻炼呢，一看你以前就没干过重活，力气不够，过一段时间就好了。"

所有的果实，都曾是鲜花

一个月过后亮的确感觉没有开始那么累了。

适应了工地的生活，亮就下定决心：一定要做同事中最优秀的人。不忙的时候，工友们喜欢凑在一起打打牌，或是喝喝酒，亮从不参加。他喜欢一个人静静地看书。有时会有工友取笑说："都上这干活来了，还看书有啥用，还不如打打牌乐呵乐呵呢！"这时，亮总是微笑着说："我对打牌不感兴趣，你们玩吧！"

亮在休班时到附近的书店买了好几本建筑方面的书籍。每天晚上一边看，还一边做笔记。一天晚上，工友们都在打牌，唯独亮躲在角落里看书。恰巧公司经理到工地检查工作，经理走到亮跟前，看了看亮手中的书，又翻了翻他的笔记本，问："小伙子你叫什么名字。"亮把名字告诉了经理，经理拍了拍亮的肩膀，没有说什么就走了。

第二天，经理把亮叫到办公室，说："小伙子，我把你叫来，想问你一些问题，我昨晚看你在看建筑方面的书籍，觉得你是个有文化的人，为什么来我们工地干活呢？既然来工地干体力活，为什么还要看书呢？"亮说："我是农村的孩子，高考落榜了，想到城市闯一闯，是同村的人带我来的，但我不想一辈子扛钢筋，我还有更大的梦想。"

经理接着问："你更大的梦想是什么？"亮认真地说："我想成为既有工作经验又有专业知识的技术人员或管理人员。"经理点点头说："小伙子，我看好你，好好干，我再送你几本这方面的书籍。"说完从办公室的书架上选了三本书递给了亮。亮谢过经理，回来的路上更加坚定了自己的梦想。

一年后，经理提拔亮当材料员。工友很不解，其中一个说："经理是不是你家远方亲戚啊，我在这都干三年了，工资都没涨，你刚干一年又升职又涨工资的，凭什么啊？"亮不慌不忙地说："平时你们在打牌、喝酒、闲聊抱怨工资低时，我在看书是不是？"工友说："是啊，但我们是靠力气吃饭的，为什么看书就给你升职？"亮说："其实我看的是建筑方面的书，我这一年一直在积累着工作经验，并自学建筑知识。"工友说："还是你小子有心眼啊！"亮说："不是我心眼多，我不光是为老板打工，更不单纯为了赚钱，我是在为自己的梦想打工，为自己的远大前途打工。"工友说："唉，你有点文化，还能谈谈梦想，我们小学的水平，只能干一辈子苦力了，能赚点辛苦钱就行了，还谈什么梦想？"亮说："文化只是一方面，有时能力和工作经验比文化更重要。"

做材料员后，亮比做钢筋工时空闲时间多了些。亮和经理请示，他想考一个建筑工程师的证，经理说："考吧，支持你，报班或考试需要请假尽管和我说！"

半年时间，亮的证考下来了。亮把证拿给经理看，经理说："就等你这一天呢，我们公司正好缺个副总经理，你很合适！"

这年春节，亮回到家，在酒桌上敬起父亲，亮说："爹，我能有今天的成就，多亏你当时的鼓励……"亮爹有些微醉地说："是我儿有出息，你能为自己的梦想打工，你的将来会更好的！"

所有的果实，
都曾是鲜花

沙漠变绿洲

汤姆在八岁时立下一个誓言，就是一定要让他家附近的那片荒凉废墟变成一片茂密的树林。

小时候，汤姆家在一个炼铜厂附近，炼铜厂每天都会排放大量的浓烟，有时还会往附近的土地排放大量的刺鼻污水。久而久之，汤姆家附近的小树林里，花草树木枯死，鸟儿没有了栖息的地方都飞走了，小松鼠、山鸡也不见了踪影。从此，汤姆再也捉不了知了，逮不了蟋蟀了。

一天，汤姆的好朋友来找汤姆玩，以前汤姆总是带好朋友到家附近的小树林里捉迷藏、玩枪战。可如今原本风景宜人的小树林变成了臭气熏天的不毛之地。汤姆的朋友有些失望，就和汤姆开了一句玩笑："现在你家附近可真'富饶'啊！"汤姆听后很受刺激，觉得朋友在讥讽他。汤姆对朋友大声说道："总有一天，我要让这片土地重新焕发生机。"

汤姆上高中时曾找炼铜厂的办公室负责人交谈过，希望炼铜厂能重新植树。但炼铜厂没有答应。理由是种树也活不了。但汤姆并没有就此罢休，他想通过自己的努力找回童年的小树林。

汤姆上大学时选择了环境工程专业。一次，他把还原树林的事情给导师讲了，希望导师给他一些建议。但导师告诉他：这件事希望太渺茫了，因为种上树后，成活率是很低的，即使勉强成活的树木因没有鸟类或松鼠帮忙传种，种下的树要结出种子并再次开始结籽传种，又需要三十多年，这样下去，要想让那片土地恢复生机需要上百年的时间。导师劝他还是放弃这件事情，把精力放到别处。但他并不甘心。

大学毕业后，汤姆和同样学环境工程专业的大学同学结婚了。当汤姆把还原树林的想法告诉妻子时，妻子很支持他。妻子对他说："你与其研究课题，不如现在就实际行动。"汤姆觉得妻子说得对。于是，他和妻子在每一年的春天都会种下一批树苗。枯萎了，再种，枯萎了，再种。他们从来不曾放弃。十年过去了，这片废墟上竟然成活了三十多棵小树。偶尔还会有鸟儿在林间嬉戏，有松鼠在树上跳跃。汤姆开心极了，觉得自己的梦想有希望了。可令人没有想到的是，那年冬天，一场意外的大火把这三十多棵小树烧为灰烬。汤姆看后失声痛哭，这场火烧毁的不仅是这些树，还有汤姆的梦。

在妻子的鼓励下，汤姆重新振作起来，继续种树。这回汤姆和妻子又多了一个帮手，就是他们的儿子。儿子已经八岁了，在从小的耳濡目染下，对于种树这件事有特别大的兴趣。又过了五年，废墟上挺立了十多棵白桦树。这些白桦树让汤姆一家又看到了希望。

随着时代的变迁，炼铜厂破产了，这给汤姆种树创造了有利条件。

年复一年，汤姆和妻子年龄也越来越大，干不动体力活了。他们的儿子已经长大成人了，就承担起了种树的责任。这片土地上的树木越来越高大，树的品种越来越多，栖息在这里的鸟类也越来越多，偶尔还会有兔子出没。

后来汤姆的事迹被媒体知道了，经报道后，当地政府十分重视，因为这几年国家一直倡导植树造林和环保，政府奖励了汤姆一家三千美金。并专门成立了植树造林工作组，让汤姆儿子当负责人，继续在这片土地上播下生机。

所有的果实，都曾是鲜花

又过了十五年，这片土地居然绿意盎然了。而且比汤姆小时候的树林还要美。政府给这片树林起个名字叫"汤姆林"。

年近九十的汤姆身体依然硬朗，每天他都会到这片树林里走一走。他会和枝头的小鸟对唱，和林间的松鼠聊天。汤姆还有个愿望，就是邀请他童年的那个好友看一看这片死灰复燃的树林。汤姆拜托媒体帮忙找一找这个好友，因为时隔数十年，汤姆和好友已没有了联系。很幸运，好友被找到了，当汤姆的好友看到眼前的树林时，竟然眼角湿润，好友说："我当年只是随口开个玩笑，你竟然当真，而且你的誓言还成真了，这真是个奇迹啊！"

记者采访汤姆，汤姆说了这样一段话："我心中一直藏着这个梦想，遇到任何困难时我都不曾放弃，我曾想过，有生之年可能看不到这片绿洲，但我相信我的儿子会坚持下去。总有一天，绿洲会出现的。"

第一辑
安琪拉的心语

安琪拉的心语

安琪拉在三十刚出头时就过上了让人羡慕的日子。她的丈夫是名出色的律师，家里有三套住房，两辆轿车，更幸福的是还有一对快三岁的龙凤胎。安琪拉的那些闺蜜总是羡慕地说："安琪拉，你真是幸福极了。"这时她总是微微一笑，但微笑当中却带着一丝莫名的伤感。

圣诞节的前夕，节日的气氛已经很浓郁了。安琪拉也把家里布置一番。晚上，龙凤胎在安琪拉的有关圣诞老人的故事中甜甜地睡去，丈夫也鼾声响起。安琪拉多想美美地睡一觉，可却辗转反侧，她失眠了，无法休息的大脑总是不由自主地想一些事情，而且是无法控制的。

安琪拉想起了自己的童年时代，小的时候她也非常喜欢过圣诞节。因为圣诞节会收到礼物。不管收到什么礼物她都开心，因为妈妈说过，只有听话的孩子在圣诞夜才会收到礼物，平时哭闹、气人的孩子在圣诞节什么也得不到。每当安琪拉闹情绪惹父母生气时妈妈都会这样告诉她。渐渐地，安琪拉变得越来越乖巧、听话，每次圣诞节她都会得到圣诞老人送来的礼物，虽然有时这个礼物她并不是特别喜欢，但她不能说出来，也不能表现出不开心，因为她觉得这样是不听话的表现，会惹圣诞老人生气，来年就会收不到礼物。后来，安琪拉成了伙伴中最听话的小孩。她不像别的孩子

所有的果实，都曾是鲜花

那样耍脾气，喜欢的东西爸爸妈妈不让买，她从不反抗，不管她的父母说什么，她都视为金科玉律。

安琪拉的思绪又转到了学生时代。学生时期她是名副其实的好学生。小学、中学、大学都是如此。中小学时班主任对她的评语总是勤奋好学，乐于助人，尊敬师长。其实有谁知道安琪拉其实有时也很羡慕那些老师眼中的"坏学生"，因为他们敢说、敢做、不受约束。高中时她报了理科班，因为老师说文科类的大学好学校少，将来就业面窄，父母也这样告诉她。她其实是擅长文科的，她学习语文时感觉充满乐趣，而数学总是让她很累，需要付出很多努力，成绩也是偶尔能得高分。但她还是听从了老师和父母的建议。后来填志愿时，她又听从父母的建议，报考了一所自己并不是很喜欢的大学。

安琪拉又想到自己的工作、婚姻、儿女，她没有像其他同学那样毕业之后投简历，跑人才市场，而是父母托关系让她进了事业单位，她与爱人相识也是家人介绍的。结婚后，男方家里催着生孩子，其实她觉得自己还年轻，可以再晚几年，但看到老人急切的眼神，她觉得自己这样有些自私，她妥协了，于是很快有了一对龙凤胎。老人开心得很，安琪拉很爱这一对儿女，但她对于一下子就成为母亲还很不适应。

想着想着，安琪拉眼角湿润了，她哭了，她感觉心里好难受，但她不能哭出声，因为旁边还躺着熟睡的丈夫和孩子。安琪拉就这样压抑着自己，任凭泪水打湿枕巾。突然安琪拉听到来自心底的一个轻柔低沉的声音，那个声音只说了一个字，就是"不"。顿时，安琪拉如同一个迷途的孩子找到回家的路。

从那一刻起，安琪拉终于明白了自己拥有那么幸福的生活但却并不快乐的原因，她知道应该怎么办了。不，这不是我喜欢的；不，我不需要这个；不，我今天身体不舒服；不，那是你的责任；不，我没错；不，你要学会自己吃饭；不，我做不到！她的家人为她的改变感到震惊，她的朋友也表

示诧异。他们不敢相信安琪拉的口中能说出这样的话。安琪拉确实不同以往了，就在她懂得说不的那一刻开始，她变得越来越自信，越来越开心，而这份内心的愉悦是丰富的物质生活所不能给予的。她的眼神不再落寞，不再忧伤，而是明亮得如一汪清泉。

在来年的圣诞贺卡上，安琪拉给龙凤胎写下这样一段话："亲爱的宝贝，我希望你们是乖巧的，但不必顺从；我希望你们是懂事的，但不需迎合；我希望你们遵守规则，但不用墨守成规。希望你们敢于说出自己的想法，我如此深爱你们，所以，即使你们对我说不，我也一样很爱你们。而你们，也永远都是我的天使。"

现在，安琪拉以做好一个有独立人格的人为先，然后她才是一个女儿，母亲和妻子。她和许多女人一样，生活中有情绪，有需要，有目标。事业上也有天分和野心。她开始有了属于自己的独立生活。

所有的果实，
都曾是鲜花

把梦想悬挂在墙上

周末和好友去逛街，路过一家新开不久的甜品店，好友说："走吧，去尝尝，我请你！"我们进去后找了一个靠窗的位置坐下，仔细打量了一下这家店，店面不太大，但很干净，店内只有两名工作人员，一个是年龄大概三十多岁的女性，一个是二十出头的小姑娘。我们猜测年龄大些的是老板，年龄小些的是服务人员。一会儿，小姑娘朝我们走来微笑着说："两位，来点什么。"我们点完后，小姑娘给我们每人一张心形的彩色纸，小姑娘说："这是梦想卡，请两位在自己的梦想卡上写下您一年之内的梦想，然后把这张卡片悬挂在我们的梦想墙上。"说着，小姑娘用手指了指店内的一块墙壁，上面已经贴了一部分卡片。小姑娘继续说："如果一年之内，您的梦想实现了，那您可以到店内领取一个七寸的免费梦想大蛋糕。"我和朋友出于好奇，就分别在梦想卡上写下了自己一年内的梦想。写完后，小姑娘让我和朋友拿起梦想卡，然后给我们拍照，她解释说梦想实现后领蛋糕时就以此照片作为凭证。而后，小姑娘又让我们加了甜品店的微信，说是会定期提醒我们坚持梦想。

出了甜品店我问好友，刚才写的梦想是什么，她说希望这一年瘦到一百一十斤。她问我写的是什么，我说我就是突然想起考驾照的事，所以

第一辑 安琪拉的心语

写的是这一年拿到驾照。

第二天,我收到了甜品店发来的微信,微信中写道:"亲爱的顾客,您是否开始为您的梦想努力了呢?加油哦!"好友同样也收到了微信。其实,我考驾照的想法有半年了,但都因为这样那样的事耽搁了。收到微信后我也没太当回事,考驾照的事也没付出实际行动。

一个星期后,我又收到甜品店的微信,内容是:"亲爱的顾客,您的梦想是否更进一步呢?每天不要忘记坚持自己的梦想哦。"之后每周都会收到类似于这样的提醒。但我的驾照一事还在搁浅着。

两个月后的一天,我和好友又一起相约逛街,提到了甜品店的事,好友说:"那次我正在吃鸡腿呢,就收到了甜品店的微信,我一看想起自己的减肥梦,本来想吃两个鸡腿,后来只吃了一个。"我们哈哈大笑,决定逛完街后再光顾一下那家甜品店。

再次光顾后,发现梦想墙上的卡片多了不少,我们还特意看了看我俩的梦想卡。我们临走时,小姑娘还特意提醒我们要坚持卡片上的梦想。

以后每周照常收到甜品店的微信提醒,一次好友和我说:"我现在真的开始减肥了。你也把考驾照的事提上日程吧!到时候咱俩一块去领大蛋糕啊!"

我知道朋友是玩笑话,她减肥绝不是为了得到那个大蛋糕,但甜品店每隔一周的提醒确实让她记着减肥的事。而甜品店对我的提醒,让我终于在三个月后去驾校缴了报名费。当然,我也不是为了那个大蛋糕,我是觉得只有早点考,才能早点拿到证。但甜品店的提醒确实对我起到了督促的作用。

朋友给我打电话说近期她瘦了三斤,离一百一十斤有希望了。我告诉她我科目一、科目二、科目三都过了,就差科目四了。

我们一有空就会到那家甜品店去坐坐,一是她家甜品的味道的确不错,二是感觉这家甜品店就像老朋友,因为总是定期收到她的微信,而这个微

**所有的果实，
都曾是鲜花**

信并不是广告，而与自己的梦想有关。

我用了半年的时间考下了驾照，朋友常常去健身一百一十斤早已达到了。我们相约去领梦想蛋糕。店家果然没有失信。领完蛋糕回来的路上朋友说："我觉得这家甜品店挺会营销的，她们这一招让咱们记住了她家店，咱们这一年去了有二十来次，这个蛋糕的钱早就出来了！"朋友说得不无道理，这也许就是店家的营销方式，但这件事对于我有了另一层面上的触动，如果我们都能把自己短期的、长期的梦想写到卡片上，然后挂在自家的墙上，这样我们就会时刻记着自己的梦想。然后朝这个目标奋斗，最终梦想就可能实现了。

事实上很多梦想是可以实现的，关键是有没有给自己确立好目标。不妨把你的梦想挂在墙上，无论是短期的还是长期的，经常激励自己努力拼搏。当一个人的梦想、思想和行为一致时，就会产生极大的力量。

第一辑
安琪拉的心语

这是我儿子的鱼

周末,天还不太亮时,父亲和儿子就已经起来了,因为他们要一起去钓鱼。深秋的早晨已经有几分寒意,他们到了钓鱼的老地方——塘河之后,发现其他的钓鱼者还都没到。

儿子说:"爸爸,我们今天真早,别人都没来呢?"

"是啊,早起的鸟有虫吃,咱们今天争取钓条大鱼。"父亲一边整理渔具一边说。

"一定要钓条大鱼。"儿子语气坚定地说。

一切准备妥当,父亲和儿子分别选好了钓鱼的位置开始钓鱼。此时,河边一切仿佛静止了,父亲和儿子就如雕像一般一动不动,静等鱼儿上钩。二十分钟过去了,突然父亲的鱼竿猛地一提,原来钓上来的是一条小鲤鱼,但父亲却没有把鱼放到桶里,而是放进了河里。也许是觉得这条鱼太小了吧!

其他的钓鱼人陆陆续续到了,但河边依旧是安静的。没有人说话,每个人都在自己的位置上安静地等待。

又过了大约十分钟,仍然没有鱼上钩。儿子似乎有些按捺不住了,他竟然穿上水鞋站在了凉凉的河水里钓鱼。但父亲并没有阻止儿子。

所有的果实，都曾是鲜花

五分钟、十分钟、二十分钟过去了，站在水中的儿子冻得有些发抖，但他并没有上岸。就在儿子站在水中大约四十分钟的时候，鱼竿猛地一动，儿子差点跌倒在水里。儿子意识到：有鱼上钩了，而且是一条很大的鱼，不然不会有如此大的力气。儿子下意识地想拉紧鱼线，但却无法拉动。突然，鱼跳出了水面，的确是一条很大的鱼。

父亲暂停了钓鱼，把自己的鱼竿放在一边，但什么也没有说，什么也没有做，只是站在原地关注着儿子的一举一动。其他的钓鱼者发现这一幕也都吃惊地望着男孩。其中一个人冲父亲喊："还不快点帮帮你儿子。"父亲冲那人摆了摆手小声说："没事，需要帮忙他会告诉我的！"

一次、两次、三次，男孩试着收线，但无济于事。男孩冷静地和鱼进行着拉锯战，但可能是男孩在水中站得时间长了，也可能是这条鱼的确太大了，男孩的腿在颤抖着。但父亲依然没有动。有人看不下去了，又对父亲喊："快帮帮他吧，他都没力气了！"父亲依旧平静地说："再等等，有事他会叫我的。"

又过了十分钟，男孩真的开始支持不住了，但他依然没有松开鱼竿，也没有向父亲求救。突然，大鱼又猛地一跳，男孩跌倒在水中。可还没等他人反应过来，男孩又站了起来。双手依然紧紧地抓住鱼竿。

大鱼似乎愤怒了，再一次猛地一跃，这一次，鱼线断了，而大鱼跃到了附近的芦苇丛中。男孩扔下鱼竿，快速奔向芦苇丛。说时迟，那时快，男孩往前一扑，竟然按住了大鱼。

男孩的父亲也有些紧张了，但依然没有动。这时有人扔给儿子一截绳子，儿子费了九牛二虎之力把鱼绑结实了，这时儿子喘着粗气说："爸爸，我需要你的帮助！"父亲三步并作两步来到儿子身旁，一起和儿子把鱼抬上岸。所有钓鱼人都围了过来，议论纷纷。有人惊叹鱼之大，有人夸赞男孩的勇敢坚毅，也有人佩服父亲的按兵不动。浑身湿透的男孩有些发抖，但他看着自己的战利品，满脸欣喜。

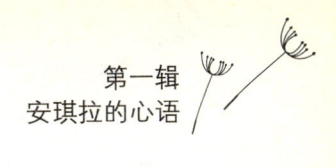

大家都很好奇这条大鱼到底有多重，正好一位钓鱼者随身带着便携秤，他跟孩子的父亲说："我给你称一称，看看这条鱼到底有多重。"

男孩的父亲用手指了指旁边的儿子说："这是我儿子的鱼，请问他吧！"

如果父母都能像这位父亲一样，也许每个孩子都有机会成为坚毅、勇敢、自立的人。

所有的果实，
都曾是鲜花

一滴泪掉下来要多久

那年秋天，我去一所山区的小学支教。没去之前，我的脑海中一直满怀憧憬：憧憬着群山环绕中有一所学校，学校中的孩子露出纯真无邪的笑脸喊我老师；课间，我和孩子们一起捡树叶做书签；周末，我到学校附近的山上感受大自然的气息。

到了学校之后，我的憧憬被眼前的景象冲淡了。学校的教室很破，有的玻璃窗玻璃都坏了，用纸糊着；教室内的桌椅板凳也是参差不齐，高的高，矮的矮，甚至一些桌子上坑坑洼洼，凳子坐上去直摇晃。而这些学生们也没有像我想象那样露出天真无邪的笑脸，他们见到我后，怯生生的，有些害羞。我幻想中的诗情画意一下子烟消云散了。

虽然与想象中的差距较大，但既来之，则安之。在与这些孩子相处一段时间，彼此熟悉后，他们也逐渐大方起来，在我的课上能积极回答问题了，课下有些孩子围着我给我讲山里的趣事。但班里有一个叫王鑫的孩子一直让我头疼。

课上，他总是走神，经常不知道老师讲到哪里了。有一次，我让同学们轮流读课文，在读之前我再三提醒一定要专心。其他学生都没有问题，轮到王鑫了，他连站起来都不知道，同桌拽了拽他衣袖，小声提醒："轮到你读了!"他这才站了起来,可一声不吭,有的同学偷着笑了起来,我说:"王鑫,你接着往下读。"他却说了句:"老师,读到第几自然段了?"这回同学们哄堂大笑。

课下,他也不太合群,总是自己一个人待着,有几个调皮的孩子还总是欺负他。有一次课间,我看到几个孩子正围着他说着什么,他坐在那神情严肃,一声不吭,后来有个男生竟然揪他头发,拽他耳朵。我见状走过去,大声说:"怎么这样对待同学!"那个男生说:"老师,我在和他逗着玩呢,他可坚强了,怎么逗他也不哭。"我批评了那个男生,其他同学也散去了。王鑫坐在那双唇紧闭,眼眸中在闪着泪花,但一直忍着没有流出来。我问他,班里的男生经常这样对你吗?他点了点头。我再问,他把头埋得更低了,什么也不说了。我心里一阵难过,觉得这个孩子心里一定藏着什么心事。

于是,我决定到他家里去家访。家里只有爷爷、奶奶在。他们住的房屋又脏又破,好多处墙皮都掉落了。我问老人,王鑫的爸爸、妈妈呢,我想和他们聊聊。王鑫的爷爷说:"他爸妈都出去打工了,他跟我们一块生活,他三岁大时父母就出去了。"我说:"那他的父母经常回来吗?"爷爷说:"有时春节回来一次,有时还回不来。"我又问:"那他想爸妈吗?"爷爷叹了口气说:"唉,咋不想,一开始整天整宿地哭啊,一连哭了有小半年,后来慢慢地就不哭了,也不念叨爸妈了,现在这孩子特别的坚强,多大的事他都不流泪了……"

这次家访我终于知道了他眼神落寞,上课走神,有一份与年龄不相符的坚强的原因了。后来,我有时间时尽量找他聊聊天,让他给我讲一讲山里的一些好玩的事,开始他是不说话的,目光也不敢与我对视,时间长了,他能开口了,但说得很简单。

半年后,我听说他的爸妈回来了,因为他爸在工地上受了些伤,无法继续干活,打算回来养伤。我想再次到他家看看,我刚到门口就听到奶奶说:"你这孩子,你爸妈回来了,你爸还受了伤,你连滴眼泪都没流……"

所有的果实，都曾是鲜花

爸爸接过话说："别怪孩子了，我们总不在他身边，他和我们都生分了。"妈妈说："这次出事后，我们不出去打工了，等你爸伤好了，咱家弄个蔬菜大棚，以后就陪在你身边了……"这时，只听"哇"的一声他大哭起来。我忽然明白，这些年来他有多无助，有多悲伤。之所以坚强，之所以不流泪，是因为没有一个能让他依靠着哭泣的肩膀。我眼角湿润，悄悄地离开了。

第二天的课堂上他竟然不再走神，课间，有个同学告诉他，说他的衣服后面脏了，他说："我妈回来了，我妈会给我洗的。"说这话时他的眼神也不再忧伤。

一滴泪在他的心里奔涌了很久很久，终于落了下来。从现在开始，一个美丽的生命，如含苞待放的花蕾，又变得鲜活生动起来。

像蜗牛一样坚持

晴天是一个发育有些滞后的孩子,其实,他刚出生时,各方面还都正常。在他两岁半时,因一次生病高烧不退并伴有呕吐,父母带他去医院检查,结果发现他的脑部有一个鹌鹑蛋大小的肿瘤,需做手术治疗。术前医生就交代,不做手术对孩子的生命有危害;做手术,术后孩子的智力可能会受到一定影响。别无选择,保命重要,手术还是得做的。

手术半年后,晴天的父母就发现了手术给他带来的影响。这半年,晴天是光长个头了,但语言发育一直停滞不前,动作协调性也没有进步。三岁的孩子到了上幼儿园的年龄,晴天爸说,孩子各方面都比别的孩子差,还是先别送了。晴天妈却认为晴天这种情况更需要后天的锻炼,幼儿园集体的环境比他在家会好些。晴天还是按时入园了。班里有三十多个小朋友,年龄都差不多,但晴天的生活自理能力是最差的。中班时,别的小朋友都能用筷子自己吃饭了,但晴天用勺子还吃不太好,别的小朋友都能自己穿脱衣服了,但晴天还需要老师的帮助。课外活动时,晴天因平衡能力差常常摔倒。大班时,老师教写阿拉伯数字,别的小朋友都能规范地写,而晴天却写不好,即使勉强写下来,也是歪歪扭扭。别的小朋友能正确流利地背诵儿歌,而晴天的吐字含含糊糊,总是让人听不明白。所以,在家时,

所有的果实，都曾是鲜花

晴天妈妈总是一遍又一遍教晴天写数字，教晴天读儿歌。别人用两遍就会的，晴天可能需要练十遍。

转眼到了小学，小学开始真正的学习文化课了，这时晴天与别的孩子的差距更大了。因为发育的问题，六岁的晴天智力还在四岁阶段。第一次期中考试，晴天的成绩在班级里倒数第一。语文、数学都不及格。晴天的班主任让晴天父母在家多辅导辅导孩子，于是，晴天的妈妈每天晚上都要把晴天白天在学校学的知识给晴天讲两遍，然后再练两遍。期末考试时，晴天的语文、数学都及格了。

为了能让晴天有更大的进步，晴天妈妈给晴天请个家教，在周末专门辅导晴天的功课。功夫不负有心人，在家教老师的帮助下，在晴天的不断努力下，三年级的期末考试，晴天三科都考了六十多分，而且排名进步了三名。家长会上，班主任老师表扬了晴天，老师说，晴天是个肯坚持的孩子，他的先天能力是班里最差的，但他却是班里学习最刻苦的。

三年级后，晴天对于写作文有浓厚的兴趣，即使他的作文经常语句不通，词不达意，但他每次都能写满满的一篇。老师每次批阅作文时，虽然被晴天歪歪扭扭的字迹，多处不通的语句所困惑，但老师依然是感动的，因为老师知道，晴天是个多么善于观察生活，是个内心世界多么丰富的孩子，但他因脑部的疾病影响了语言中枢，导致了表达的思路不够清晰。所以，每次老师的作文评语都会给晴天一些鼓励，诸如：晴天，你真的很有想法，继续加油，继续坚持，如果你的作文语句再流畅些，那真是一篇佳作。

六年级时，晴天的成绩又进步了，三科的成绩都能达到七十分左右。班主任老师说，如果晴天一直能保持这样的勤奋，他还会有更大的进步空间。晴天的确一直在努力，晴天的爸妈也一直在努力，他们为了晴天也付出了不少的心血，无论是财力还是精力。也许他们不期望将来晴天能像别的孩子那样优秀，他们只希望能看到晴天一点一滴的进步。

升入初中后，课程更多了，晴天也感到更吃力了，但他一直在勤奋地

学习，课上没听明白的，就让家教老师再给讲一遍，他常常写作业到深夜。

初二的一次语文考试，作文题目是围绕"坚持"写一篇作文。晴天的题目是《像蜗牛一样坚持》，他在作文中说，班里的其他同学像一只雄鹰，轻而易举就能飞上高空，而自己是一只背着重重的壳的蜗牛，只有坚持不懈地爬行，才有希望到达自己要去的地方。

成长之路不是百米赛跑，而是一场马拉松，相信，慢慢爬行的蜗牛终有一天会到达理想的终点。

所有的果实，
都曾是鲜花

学渣双胞胎逆袭北大

北京大学的学生中有一对双胞胎兄弟，他们有着帅气的外表，被称为"北大最帅双胞胎"。他们刚入学就成了红人，因为他们上了《鲁豫有约》的节目，参加了江苏卫视益智节目《一站到底》，还出了书《愿我的世界总有你二分之一》，而且销量突破十万册。这对双胞胎就是来自廊坊的苑子文和苑子豪。

能考上清华北大的学生大多数都是学霸级别的。但苑子文和苑子豪最初不但算不上学霸，反而是学渣级别的；也谈不上什么最帅双胞胎，因为他俩从小就长得胖乎乎的，只能是看起来比较可爱罢了。

刚入小学面试时，苑子文和苑子豪都没能通过，老师说，这俩孩子上小学跟不上，建议他俩再读一年学前班。无奈，父母只好又让他俩读了一年学前班。第二年上小学他俩也很让父母和老师头疼，因为他俩既贪玩又淘气。上课时经常开小差，老师布置的作业也常常不能按时完成。开家长会时老师经常找兄弟俩的家长单独谈话。老师说，这俩孩子，聪明倒是聪明，但就是什么事都不走心，家长一定要严加管教。父母也意识到这个问题，鼓励，批评，想尽各种办法，但效果都不明显。在整个小学阶段，苑子文和苑子豪一直是老师眼中的差生。

第一辑 安琪拉的心语

初中后，苑子文和苑子豪的成绩也没什么起色。但可能是年龄大一些，没有小时候那么贪玩了，自主学习能力提高了一些。加上父母的督促，他们的成绩大概排在中等左右，这样的成绩上重点高中是没有希望的，果然，他们初中毕业时只考上一所普通的高中。

高中后，正值青春期的男生们都很重视自己的形象，而且都是以瘦为帅。苑子文和苑子豪哥俩却长着肥胖的身形，他们开始有些自惭形秽。有一次班级组织篮球赛，哥俩在操场上打得热火朝天，观看的女生中有人喊："苑胖子，加油，苑胖子，加油！"本是加油鼓气的声音，但到他俩的耳中却感觉非常刺耳。

后来，哥俩竟然决定减肥。母亲知道两个儿子减肥的事后，很不赞成。觉得正是长身体的时候，减什么肥。再说，不吃营养的东西，就更没精神学习了。母亲激将他俩说，你们先把学习成绩提上去，再提减肥的事。俩兄弟却说："减肥、学习两不误。"

令人没有想到的是，兄弟俩还真是认真地对待这两件事了。他们俩第一次郑重地坐在一起，商讨减肥和学习的问题。最后得出结论：减肥要靠合理的饮食习惯和规律的体育锻炼。提高学习成绩要靠恰当的学习方法和勤奋好学的拼劲。

他们俩制订出了详细的攻坚计划：减肥方面，每天早晚各跑三千米，吃饭吃七分饱，多吃水果蔬菜少吃肉等。学习方面，上课肯学，下课会学，一学期进步十名等。他们还把计划打印出来，分别贴在自己床头，时刻提醒自己并监督对方。

一开始跑步，腿疼得要命，但兄弟俩相互鼓励，两周后腿不疼了，两人又把晨跑延长到六千米。平时爱吃美食的哥俩一下子控制饮食难免有些不适应。一天晚上，学习到深夜的苑子文感觉胃里空空的，总想吃点东西。他本想吃一碗泡面，苑子豪提醒他说："看看你的床头计划，别前功尽弃啊！"苑子文最终还是忍住没吃。

所有的果实，都曾是鲜花

　　学习上，两人不断摸索着，最终找到适合自己的学习方法。苑子豪是一个很外向很爱交流的男孩，他经常给同学讲题，有人觉得他这是浪费时间，但他却觉得这样既帮了同学又可以让自己重新理清思路，还能够举一反三。周末时，兄弟俩要么在图书馆看书，要么在自习室做功课。慢慢地，他们的学习成绩也由最初的一百名上升到九十名、八十名、七十名……高二时，他们进到了年级前十名，到高三的下半年，他们竟然能排到前五名了。

　　就这样，高中三年他们成功减掉三四十斤，他们由原来的小胖子变成了苗条的帅小伙，成绩也由原来入学时的年级一百名到上升到年级前五。高考模拟，他们还分别考过第一和第三的好成绩，他们由最初的学渣转型为学霸。2012年高考，苑子文和苑子豪分别以674分、683分的成绩考入北京大学。他俩的经验是，求学路上要有自己的想法，付出与回报不对等时，一定要思考自己的方向和方法是否正确。

　　兄弟俩在接受记者采访时说："虽然我们都不是天生幸运的那类人，但我们可以靠努力改变命运，因为我们始终相信，苦，从来不会白吃！"

第一辑
安琪拉的心语

从来不信无路可走

同学梅子昨天在朋友圈发了这样一句话:"我从来不信这世间会无路可走。"下面配有一张照片,照片的背景是楼房的客厅,一看就像新房。

我好奇地问她:"买新房子了?"

她说:"嗯,刚刚买的。"

我问:"多少平方米的?"

她说:"不太大,八十多平方米,但总算有自己的窝了!"

……

我能懂梅子在朋友圈发的那句:"我从来不信这世间会无路可走。"她是个不服输的女子,学习,工作,生活都是如此。

梅子的家在农村,她们同村的女孩一般都是初中毕业就出去打工了,可梅子却很爱学习,她初中毕业时考上了县一中。梅子妈曾对梅子说:"小丫头,读那么多书有什么用,以后还不是嫁到别人家。"梅子心里清楚,妈妈也希望她像别的女孩那样,早点出去打工挣钱,早点结婚生子,毕竟家里还有哥哥,在农村,男孩的地位可比女孩高多了。可梅子就是一门心思想上学,而且学习成绩是数一数二的。村里有人议论,梅子考上大学,家里也不一定供得起,她家还得给她哥盖房子,娶媳妇呢!

所有的果实，都曾是鲜花

高中阶段，梅子的成绩仍然名列前茅。她在心里默默地告诉自己："一定要考上大学。"高考后，梅子果然收到了一所本科院校的录取通知书。梅子把通知书拿给父母看，梅子妈说："这四年得花多少钱，咱家也没那么多钱啊！"梅子爸坐在那里抽着闷烟不作声。梅子说："爸妈，咱家先给我拿开学的一半学费，剩下一半我去找亲戚借。我听说，大学生周末能出去打工挣钱，我上大学后，以后的学费我自己挣。"听梅子这么说，梅子父母也不好再反对女儿，就给了梅子三千元，梅子找家里的亲朋好友借个遍，又凑了三千元，梅子拿着六千元的学费和伙食费，终于踏上了大学的校门。村里的一位婶子对梅子妈说："你这闺女挺厉害的，宁愿自己去借钱也要上学，将来能有出息的。"

为了能挣到大二的学费，梅子做了很多兼职。她每天中午在学校的食堂当小时工，她的午饭从没有正点吃过，都是等同学们吃完了，食堂不忙了，她才和食堂的师傅一起吃饭。周末，她做了三份家教；寒假时，她在一家火锅城做了二十天服务员，直到春节才回家；暑假时，她在一家景区饭店打了一个半月的工。一年下来，她打工攒了五千多元。学费有着落了，她真的没有和家里要。梅子妈看到女儿这么要强，也有些心疼，想给梅子拿些伙食费，梅子说，不用了，吃饭的钱我开学能挣到。

就这样，梅子大学四年一直坚持在外面打工，不但挣了学费，还积累了一些社会经验。大四那年，她还把和亲戚借的钱都还清了。

大学毕业后，家里人建议她回到她们的县城，因为县城里有亲属，能帮她找份稳定的工作，帮她介绍个家境不错的男朋友。但她执意不肯回去。她说，县城里没有她的发展空间，她要留在她上学的那个城市。

她在上学的那个城市找了份销售的工作，她说，这样的工作虽然比较累，压力也大，但工资是上不封顶的，她喜欢挑战。开始时她的业绩并不怎么好，毕竟是刚毕业的大学生，没有多少人脉。最苦的时候，她曾一个月没吃过肉，每天要么馒头就咸菜，要么是泡方便面。有了一定经验后，

她也积累了一些固定的客户，提成也渐渐多了起来。但她每个月要给家里两千元，还要租房，吃饭，也所剩无几。一次，我和她闲聊中，她对我说，六年内要挣够首付的钱，在这个城市买套房，我很敬佩她的上进心，但感觉这件事挺难的。

后来的几年因为彼此忙于工作，相见的机会不是很多。但在她的QQ说说上也能了解到她的一些情况。比如，被提升为业务主任，又获得奖金，朝着业务经理努力之类的。

……

没想到工作仅仅五年多的她，真的在这个城市中有了自己的房子，我觉得以她的个性，这应该仅仅是开始，她以后的薪水一定会越来越高，房子也会越来越大，生活会越来越美好，她所走的路也会越来越宽。

所有的果实，
都曾是鲜花

心中有梦，就不会荒芜

　　每月底，我都会买上一本凌云做的月刊。现在，这本月刊虽然在众多刊物中毫不起眼，甚至略显逊色，但我坚信，有朝一日这本刊物一定会成为畅销全国的知名月刊。因为这本月刊承载着凌云的灵魂，而凌云是个心中有远大梦想的人。

　　凌云是我的大学同学，我们学的是新闻系。据凌云说，他之所以选择新闻系，是因为受湖南卫视娱乐节目的影响，当时特别崇拜台上口若悬河的何炅老师和很绅士的汪涵老师。他从他们的小县城考到了长沙，是怀着一腔热血想要打进湖南广电内部的。可新生报到的第一天，这腔热血就被浇了个通透。他在看新生名单时，发现专业里分新闻系和广电新闻系，他不明白有什么区别，就问一位师哥，师哥告诉他："新闻系是纸媒方向，而广电系是做电视节目的。"凌云听后，顿感有一盆凉水从头上倾泻而下，傻愣在了原地半天。但专业是不能更改的，凌云无缘广电新闻系，只好在新闻系安心学习。

　　凌云的文笔不错，经常利用空闲时间写一些文章，他的文章还曾在报刊上发表几篇，这件事让他在学院内小有名气。因为文采好，凌云被招进了学院文刊部，大三时，原来的主编毕业了，凌云当之无愧做到了主编的位置。后来一路高升，大四时就成为学院三大报纸的总编。

大四下半年，本地一家知名报社来学校招聘实习记者，凌云被选中了。实习的几个月中，凌云经常每天天不亮就起床。一次四点多钟就起来了，室友问他今天为什么这么早，他说今天的新闻很重要，他要和组长去山里做采访，一定不能迟到。那次采访回来，他还受了点伤，因为山里路不好走，他不小心摔倒了，膝盖处一片淤青，但他却无所谓地说："小事儿，几天就好了。"晚上他也经常在报社加班，回来有时都半夜了，他经常累得连刷牙、洗脸的力气都没有了，直接躺在床上就呼呼大睡起来。周末，我们男生要么在宿舍打游戏，要么出去玩，可凌云却在自习室研究他那些稿子。那段时间，他总是带着"熊猫眼"，那重重的黑眼圈就知道他最近的睡眠多么少，他为这份工作尽了多少的心血了。

半年的实习期过去，凌云的业务已经很熟练了，都可以独自采访出稿了。但却没能转正。理由是目前没有记者编制名额，其实是有个名额而被别人托关系给占用了。他被调到广告部，他留在了那家报社，却不是以他最初想要的方式。

到广告部后，凌云这种刚刚入职的是拿不到大的广告资源的，提成高的房地产之类的广告都被老员工抢去了，凌云只能出去谈那种占不了多少版面的，提成低的小广告。刚开始的时候，他每月的工资非常少，所以我们几个同学聚会吃喝玩乐的时候他基本不参加，我们也理解，他的经济确实不宽裕。那段时间，我们觉得他这样是屈才了，很心疼他，却不敢劝他。因为他就像一头犟驴，心中有了一个梦，便要一直走下去。

那段日子他风雨无阻地去约客户，办公室的灯光经常亮到后半夜。五年后他终于从小小的实习记者成长为经理。报社的广告部经理是个肥差。收入多，有地位。我们都为凌云高兴，庆幸他辛苦这么多年，终于熬出头了。

可他当广告部经理刚刚一年多时，有一天他又和我说："社里准备创办一份月刊，我要去竞聘主编！"

所有的果实，都曾是鲜花

我被他吓到了，广告部经理是多少人梦寐以求的职位，再说，他辛辛苦苦熬到这个位置得有多不容易，怎么能放弃呢！我对他说："你可要好好想想，就算竞聘主编成功，做一份新刊等于是从头再来，而且市场不好的话，做不起来，你这些年的辛苦就白费了。

可他还是去竞聘了主编，他拿出了那股要强的劲头，做市场调研，做策划，力求完美，最终竞聘成功，六年后他终于实现了他最初的梦想。

可梦想的路走得并不顺畅，月刊面市后，反响并不是太好。销量也不太大。为了让这本月刊能够办下去，作为主编的凌云亲自带着记者做市场调研，然后带领编辑根据市场来调整内容和版式。因资金问题，他多次厚着脸去求以前的广告客户，让他们多给月刊投点广告。月刊正常的运营下去了，但凌云每天却精疲力竭，已经没有了当广告部经理时成功人士的范儿，他却甘之如饴。

我曾问凌云，是什么支撑你在广告部苦熬了那么久？又是什么让你有勇气放弃经理位置，而去当主编做一份新的期刊，他微笑着淡淡地说："心中有梦，就不会荒芜。"

第一辑
安琪拉的心语

周而复始活几次

娜大学毕业了,学美术的她去了一家设计公司做了一名普通的员工。她还算幸运的,她的其他同学有的还没有找到合适的岗位,毕竟这几年大学生遍地都是,而岗位很有限,再加上美术专业市场需求不是很大,找份合适的工作真的是不容易。娜工作之后感觉到了现实与理想的差距,一名知名院校的本科毕业生一个月的收入还不如公司楼下卖煎饼果子的挣得多。娜一直在想:怎样才能够改变现状呢?

一年后,娜和好久未见的同学聚餐,同学们聊起了彼此的工作,有的同学去幼儿园做了一名美术老师,有的同学当了一名美术编辑,还有的同学这一年换了好几份工作,至今还没有稳定下来,最好的那个同学是进了一家事业单位,但从事的工作与美术毫无关联。大家都感叹,大学的东西白学了,毫无用武之地。后来,有人提议:不如我们一起开个设计公司吧!

大家一致赞成。他们选娜做头儿,一是娜有一年的设计公司的工作经验,更主要的是娜有领导能力,大学时就是学生会干部。说干就干,几个豪情万丈的年轻人用了一个月的时间把一个小的设计公司筹建起来了。

公司刚建起来不久,有一项工程即将开始招标。娜决定试一试。不巧的是招标那天,娜感冒发烧三十九度,但为了能揽到这个活儿,娜还是强

所有的果实，
　　都曾是鲜花

　　撑着去了会场。为了引起投标者的注意，对于这次的出场，娜做了精心的设计。

　　娜是最后一个进场的。她穿着一件设计感很强的旗袍，这件旗袍无论从样式还是色彩上都与娜的气质很搭。更吸引人眼球的是，娜的身后跟着一名白衣护士，因为娜是打着吊瓶去会场的。这一切再加上会场上娜简短的、干脆利落的公司介绍，让她赢得了这次工程，她们的公司赚到了第一桶金。

　　由于娜的团队实力的确很强，她们的设计公司在一年中就发展起来。她们的收入也非常可观。但在第二年的一次景观设计中，因为合同里的疏忽，公司赔了很大一笔钱，公司的名声也受到了影响，其他的同学都撤股了，设计公司也维持不下去了。

　　娜调整好心情后，决定重新开始。但这次她不是开设计公司，而是设计服装。她在一个居民区租了一间十多平方米的小铺做衣服。她原本是不会用缝纫机的，但为了少雇一个缝纫机工，就自学起来。用了半个月的时间，她就能熟练地使用缝纫机了。她的业务是：根据客户年龄、肤色、气质或是顾客的要求设计服装。还有一项特殊的业务就是旧衣服改款。这项业务很受顾客的青睐。一些样式老旧的衣服经过她的精心设计，又成了一件样式新颖的，而且独一无二的新衣服。她的小店越来越受欢迎，每天的生意都满满的，娜也有了稳定的收入。但在经营小铺两年，有了一些积蓄后，她却决定改行了。

　　她想着开一家可以放电影的咖啡馆。因为做衣服虽有稳定的收入，但发展空间有限。于是她投很多钱把咖啡馆装修好了，而且一次缴了三年的房租。就在咖啡馆准备开业的时候，公安局突然要查封咖啡馆，因为咖啡馆的原房东是一位高管，因贪污被判刑，房子没收，暂时需要查封。咖啡馆泡汤了，她去找二房东要房租，可二房东却手机关机，人不见踪影。

　　无奈，她重新开始接一些设计的活，做一些兼职，挺过艰难时期。后

来她又和朋友开了美术培训中心，看着孩子们纯真的笑脸，她度过了两年最美好的时光。培训中心一天天壮大，学员由最初的几个人到几十人，一直发展到上百人。就在培训中心不断发展壮大的时候，业主突然违约，决定拆楼。她往返奔波，找新的校址，重新开始。

  人生没有一劳永逸，在未抵终点之前，我们必须做好准备，准备无数次重新开始。

所有的果实，
都曾是鲜花

再试一次

大学毕业后，我加入了找工作的大军。大学时那种满怀希冀的梦想被现实击得粉碎。如今的专科毕业生很不好找工作，属于高不成低不就的一类。人家技校生有手艺，人家本科生硕士生有学历还可以报考公务员、公立学校教师等，专科生是最不招人待见的。

我跑了很多次人才市场，在网上也投了若干简历，但总是找不到合适的工作。后来终于有一家单位让我去面试。那是一家英语培训学校，主要是辅导中小学生英语课程。我是学英语专业的，但不是师范英语，而是外贸英语。我的英文水平虽然不错，也已经过了专业四级，但对于教学一事真是一窍不通。

面试那天，我特意穿了一身职业装。当面试的老师让我用英语进行自我介绍时，我虽然有一些小紧张，但仍然流利地完成了。接下来面试的老师说："你能不能做一下试讲。"对于试讲，我心里根本没有概念。试讲的老师看我面露难色，她说："给你举个例子，比如，几个表示颜色的单词，你以怎样生动有趣的方式教给二年级的学生。"

我思考了大概五分钟，开始了我的试讲。从头到尾，我都不知道自己在讲什么？那时我只感觉紧张极了，血直往上涌，心扑扑乱跳。试讲结

第一辑 安琪拉的心语

束后，我第一感觉就是：完了，肯定没戏。

面试的老师微笑着告诉我，让我回去等面试结果。一星期内给我答复。回到租住地后，与我合租的伙伴问我面试怎么样，我沮丧地告诉她："肯定不行，明天还得跑人才市场啊！"

第二天我又去人才市场转，看着市场内人山人海的求职者，我的头直晕。第三天，我收到了那家英语培训学校的电话，电话中说："看了你的简历和听了你的英文口语，觉得你的基础很不错，但试讲那一关的确不达标。我们愿意再给你一次机会，你再试讲一次，好吗？"

我爽快地答应了。为了这一次能试讲成功。我请教了我的一位高中同学，她大学时读的是师范专业。我按她教给我的一些思路和技巧写了一个教案，然后自己在镜子前练了十多遍，一直到深夜才上床睡觉。

第二天我去试讲。虽然准备很充分，但一看到下面坐着面试的老师，我的心里像藏了只兔子，控制不住地乱跳。开始试讲后我的声音一直是颤抖的。结束后，面试的老师说："比上次强多了，基本思路很清晰，我给你提几条建议，你做一下调整，半个小时后，你再试一次，如果能过，你就被我们录用了。"

我听取了她的建议，半个小时后又试讲了一次，自我感觉比第一次顺畅了许多，但仍然很紧张。但这一次，我过了。面试那位老师说，你很用心，经验不足，但你肯学，这是我们很看好的。

我心中一直有个疑虑，很多单位都是面试一次，不合格就是不合格，而这家单位为什么能再给我机会呢？我把这个疑虑说给了那位面试的老师，那位老师说："因为我们单位更看中的是你的发展潜力和认真的态度，一时的能力不代表终身的能力，而有学习的精神是最重要的。"

一年后，我成为这家学校的优秀培训教师。三年后，我成了教学主管。在我工作的这几年，我一直记着面试时老师让我再试一次的事。所以我在上课时，有时有的学生回答问题不够好，我总是给她们机会让她们再试一

所有的果实，都曾是鲜花

次，我希望再试一次，能让她们从中找到自己的信心，激发她们内在的能量。

再试一次，简单的话语，简单的事情，但未必所有人都能愿意说出，愿意做到。如果你是能够做到的那位，也许你会收获不一样的人生。

第一辑
安琪拉的心语

有梦想的青春，才能任性

有这样一个男孩，他出生在上海，小时候随父母移民至加拿大，高中时代，他就开始自食其力，半工半读，自己养活自己。他做过帮厨，牙医助理，送报工等。后来就读哈佛大学数学系，在他二十一岁那年就做了公司创始人兼CEO，他就是金证济苍。

十五岁时，金证济苍正值青春懵懂期，开始有早恋的倾向。他的父母对他要求非常严格，坚决不允许他早恋。因为早恋的问题母亲找他谈话，因他顶撞了母亲两句，惹得母亲很不高兴，一气之下断了他的经济供给。

金证济苍是个倔强的男孩。他想：家里不给我钱，我可以自己去挣。从此，金证济苍开始自食其力。他在课余时间做了好几份兼职。早上四点多就起床给社区送报纸，送完报纸再去上学。他利用中午午休的时间去一家寿司店当洗碗工，周末还去私人诊所做牙医助理。这样他每个月的收入足够他日常的开销，但他还不满足，在高三时他和两个同学成立了基金会，就是把同学的钱拉进来，然后进行投资，他做得很好，居然获利百分之四十左右。而他没有因打工而耽误学业，学习成绩一直名列前茅。高三毕业时，他被哈佛大学录取了，因为他不但取得了优异的成绩，而且还有丰富的打工经历，这是哈佛大学所很看重的。

所有的果实，都曾是鲜花

金证济苍在哈佛的第二专业是计算机，平时同学们在宿舍看视频、聊天时，他总喜欢鼓弄一些软件。一天，宿舍的一个同学在电脑上看近期比较火的电视剧，时不时地抱怨："这广告也太多了，真是浪费时间，烦死了。"说者无心，听者有意。一旁的金证济苍陷入了思考，他想：怎样才能不让用户被迫看广告，而是根据自己的需求获得信息？

他决定做个视频链接。他把他的想法和几个要好的同学一说，立马遭到反对。好友说，Google和乐视等大公司早有这样的点子，但因技术太难一直没能实现，劝金证济苍还是别异想天开了。

但金证济苍不服输的倔劲又上来了。他下定决心要研究这样的链接。哈佛大学实行的是终身学制，为了专心创业，金证济苍申请休学一年。他和两个同伴在美国成立了一家公司，开始研发叫"云链接"的视频系统。云视链所做的事情是把一个生态系统做到视频里，把原本独立的娱乐、电商、新闻、旅游、教育等行业无缝地融入视频中，使得人们在观看视频时可直接快速获取想要的信息也可以直接添加云视链分享信息。

功夫不负有心人，一年后云视链入选哈佛创新孵化项目，公司入驻哈佛创新实验室得到风险投资及哈佛重点扶持。可就在这时，最重要的首席技术官收到了Google的聘任书，公司里技术最好的合作伙伴突然走了，这样金证济苍一时不知所措，公司也陷入了停滞状态。金证济苍也曾有过放弃的闪念，毕竟这项技术太难了，但转念一想：越难才越做，方法总比困难多。

三个月后，金证济苍的团队又组建起来了。他和最具权威的哈佛教授组成了一个云视链的十二人技术顾问团队。经过十个多月的艰苦奋战，济苍团队克服万难，终于攻克技术难题。

接着，金证济苍在上海成立极链网络科技有限公司并担任董事长兼CEO，将美国研发的所有技术融入中国的平台云视链，为中国的广大视频观众服务。后来云视链免费向大陆观众开放。没想到测试期间的点击量就

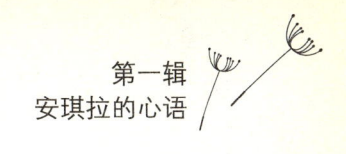

超过了六十多万。

  跨年之际，在大家各种庆祝新年到来之时，金证济苍和他的团队正加班加点为云视正式上线做准备。2014年12月26日云视链在上海外滩召开新闻发布会，上海市的十余位领导及多家投资机构以及二十余家媒体见证了这项技术的面世。云视链技术和长相酷似都敏俊的90后创始人金证济苍在圈内一下子火了。因为，Google自研发七年无果，但金证济苍和他的美国及中国团队做到了！目前，国内外很多知名广告公司、视频网站、大型机构等都在积极转型并与云视链进行合作。

  2015年金证济苍被福布斯评为"2015年30位30岁以下创业者"之一，为历史榜单中获此殊荣最年轻的一位，年仅二十一岁。

所有的果实，
　　都曾是鲜花

用石头摆出的人间奇迹

　　大三的一个周末，麦克和舍友到野外去玩。他们路过一条小河时，发现河床边满是各种各样的石头。麦克和舍友捡了几个光滑的鹅卵石，准备带回学校。就在他们要离开的时候，河边玩石子的几个孩子中，有一个突然哇哇大哭起来。

　　出于好奇，麦克和舍友走过去问明原因。原来哭的这位小朋友是因为用石头垒不好房子才哭的。麦克看了看其他小朋友，他们有的用石头垒成了一座桥，有的垒成了堡垒。好心的麦克对刚刚哭过的小朋友说："小朋友，我来给你帮忙好不好？"小朋友擦了擦眼泪，点了点头。

　　麦克想：我是大人了，一定得比这些孩子垒得好才行，要不小孩子还不得取笑我。麦克脑瓜一转决定来个高难度的：把石头立起来垒。第一层垒起来不太费劲，可到第二层就不行了，试了几次都找不到平衡点。其他的孩子都围过来看，麦克真不想在孩子面前出丑，他屏住呼吸，双手慢慢地，一点一点调整石头的重心，终于成功了。最后一座很独特的"楼房"还是垒起来了。

　　几个小朋友对麦克的杰作赞叹不已，麦克的舍友也惊讶地说："没想到你的手这么厉害，还会这一招！"有个小朋友说："大哥哥，你光会垒房子不够厉害，你还能不能按这样的方式垒其他的东西？"麦克又拿起几块石头试了试，他又摆出了一些独特的造型，有的像展翅飞翔的雄鹰，有的像茁壮成长的小树，还有的像跳跃的兔子。

这次经历激发了麦克摆石头的兴趣。从此，麦克一到周末就抽空到这里练习摆石头。这里有碎石和鹅卵石，麦克先挑有棱角的碎石练起，一开始摆两块，然后三块、四块、五块……再逐渐掺杂一些难度比较高的鹅卵石。

在摸索中麦克发现，让石头平衡的技巧是要在石头上找到三个支撑点，因为三点固定是最平衡的。这也相当于数学中的三角形最稳固的道理。石块都有各自独特的凹凸不平，覆盖着各种大小缺口，从这些缺口中找到三个立足点，就能让它们站立起来。即使是岩石上最小的缺口也会产生附着力，这种附着力就是石头本身的重力在石头间形成的一种无形"黏合剂"。麦克觉得掌握了石头平衡的理论还不够，想成功，最重要的是要有惊人的耐心、平稳的手力和缓慢的呼吸，当然，还要有成功的意念。在空闲的时间，他练习打坐和冥想，他想通过冥想赋予每个石头以生命力，再用自己的意念和耐心，调节身心的平稳，石头之间一些微妙的平衡就会实现。

麦克大学毕业后想专门搞平衡石头的雕塑，父母不同意，觉得他把搞石头作为爱好还行，不能把它当成一门事业。父母把麦克安排到一家大公司去上班，麦克虽然答应父母去上班了，但研究石头的事一直没有放下，他一有时间就跑去河边摆石头，有时还把大量的鹅卵石带回宿舍，甚至常常研究到深夜。

一年以后，麦克从公司辞职了。他不顾父母的再三劝阻，专门做起了平衡石头的雕塑，他想利用一处景区的独特资源设计一座平衡石头的公园，要想完成这些石头雕塑。他既要考察石头的形状、重量，不同的石头是否适合搭配在一起，还要考虑到艺术品是否和周围环境搭配。就地取材让他的艺术品和周围环境实现了和谐统一。结果每一个雕塑都能给人一种浑然天成的感觉，这些石头似乎已经摆脱了重力的束缚，让人难以置信其

所有的果实，
都曾是鲜花

达到的境界。他的"作品"有一种魔力，这种魔力能让人得到内心的平静。

麦克的石头雕塑终于成功了，他也成了名副其实的"平衡石头艺术家"。平衡石头艺术公园的游客络绎不绝，都惊叹建造者的独特技艺。麦克对采访他的媒体说："克服你内心对成功的怀疑，通过不断努力，任何事情都有可能。"

第一辑
安琪拉的心语

心中常亮一盏灯

秋季的农村是最忙碌的。儿时的记忆中，一到秋天，外出的父母常常要到天黑才回家。读小学时，学校是有秋忙假的，所谓秋忙假就是收秋时节给师生放的假，因为那时学校的老师家里也种地，所以是需要忙秋的。

低年级时，秋忙假就是我的玩耍假期，因为太小干不动重活。稍大一些，到高年级时，秋忙时节就要和父母一块下地干活。诸如掰玉米，摘苹果等。忙碌了一天，我的小身板都快散架了，终于熬到天黑，在回家的路上还要挎一篮子玉米或苹果，所以我常常感觉腿有千斤重，总是走走停停。而父亲这时则会鼓励我："快走啊，你看前边亮灯的是二叔家，到他家的时候，离咱家也不远了。"再走一段，父亲又说："看见你大妈家的灯光了吗？走到那也就到咱家了。"因为我和大妈家是邻居。在那段路中，灯光成了我克服困难时的希望，让我坚持走到了家中。

中学时，我的成绩本来是名列前茅的，但因一场疾病我休了半年学。后来我的成绩越来越差。以前我因学习好是老师面前的红人，同学们都非常羡慕我。成绩不够好后，老师对我的关注也没有那么多了，我也不再是同学们羡慕的对象，这对我来说，落差非常大。我的性格也变得孤僻起来，不喜欢和同学们交往了，因为我总怀疑他们在背后说我的坏话。那段时间

所有的果实，都曾是鲜花

是我最灰暗的日子，我痛哭过，挣扎过，也绝望过，我索性破罐子破摔。上课时，我不再认真听讲了，而是偷偷地看小说。

老师把我的情况反馈给父亲，父亲知道了没有打我，也没有骂我，这让我更为不安，我不知道后面等待我的到底是什么。直到有一天晚上，父亲说带我出去散散心，我随父亲去了，父亲把我带到了铁军家门口。铁军是个高中生，去年高考时因突发疾病未能参加高考，他想复读一年继续考。

父亲对我说："你看亮着灯的那个小屋，你铁军哥正在里边学习呢！"我踮了踮脚尖，果然看到了铁军埋头苦读的身影。父亲又接着说："你应该向你铁军哥学习，遇到困难了要咬咬牙坚强地挺过去，现在铁军每晚都学习到深夜，就为了今年高考能取得好成绩。"顿了顿，父亲又说："今晚咱来观察一下，看铁军学习到几点？"结果那晚铁军学习到11点，他熄灯睡觉了，父亲也带我回家了。回家的路上，父亲问我："丫头，你明白爹的心思了吗？"我说："爹，我懂了，谢谢您。"

后来我的成绩渐渐好了起来，中考时我考上了县一中。高中时我的成绩一直保持不错，因为我的心中一直亮着铁军哥这盏榜样之灯，高考时，我考上了一本，去了一所很不错的大学。

毕业后，我进了一家别人口中的"好单位"。我每天在工作之余玩玩电脑、聊聊天，每天都过着吃喝不愁的日子。有很多同事在进修学习，而我一毕业就是本科学历，我很庆幸不用再吃那份苦了。我一到周末就约好友去逛街，买漂亮的衣服和昂贵的化妆品。有一次，我想让单位的另一位本科学历同事陪我去烫发，她很抱歉地说："对不起啊，我现在的时间真的很紧，我已经报考了在职研究生，现在正攻克英语呢。"随后，她问我报了没有，并建议我也报考试一试，说要活到老，学到老。我受到了她的启发，也开始了研究生的学习，此后感觉生活得非常充实，不再飘飘然了。

现在我明白了，这些年的成长中，我的心里，一直亮着一盏灯。正是这盏灯，给了我目标，给了我希望，给了我意志和力量，更给了我前进的

压力和动力。

　　有人曾说过：追求一个明确的目标，绝不会误入歧途。记住这句话，让你我心中的灯永远闪亮着吧！

所有的果实，
都曾是鲜花

成长是一条荆棘路

  三岁时，我到了上幼儿园的年龄，妈妈把我送到幼儿园，第一天我感觉幼儿园里的一切都很新奇，没怎么想妈妈。
  第二天我终于意识到我离开了家，要在幼儿园这个集体中生活。我在想：妈妈为什么要把我送到这里，她是不是不爱我了，是不是不要我了呢？就这样我开始抗拒上幼儿园，每天早上都会很伤心地哭，到幼儿园门口抱着妈妈的大腿说什么也不进去。但妈妈还是"狠心"把我交给了老师。中午时，我在哭泣中入睡，在醒来后发现没有妈妈，又会大哭不止。
  就这样，我哭了整整一个月，后来逐渐适应了幼儿园的生活，也明白了妈妈把我送到这里并不是不爱我了，而是让我学会独立，学会长大。
  小学时，我很贪玩，经常完不成老师留的作业。老师多次当着班级同学们的面点名批评我。可我在想：作业上的内容，我已经会了，为什么还要再写一遍呢？一二年级时我的成绩还不错，四年级我就成了班级里的后等生。
  一次家长会，老师单独找了妈妈谈话，老师说我脑袋很聪明，但就是太不用心了，如果不严格要求，这孩子以后就耽误了。那次回家妈妈动手打了我，她当时那气急败坏的样子至今让我记忆犹新。后来妈妈又给我讲

第一辑 安琪拉的心语

道理，她说，学习确实不是很有趣，但你现在是学生就得以学习为主，你已经长大了，要学会承担一些责任了，你现在的任务就是学习。我听后想：长大真不好啊！但我没有违背妈妈的意愿，从此决定不再贪玩，学习成绩也逐渐提高了。

中学后，我成了班级的学习委员，学习成绩也是名列前茅。那时上高中还不是特别普及。中考时就可以报考中师或中专院校，而后考不上的才读高中。我不负众望考上了一所师范学校，超过了录取分数线二十分。就在全家欢喜等待录取通知书时，噩耗传来，我的档案被退回了，我不能被录取了。那时还是用纸质档案，档案上学籍之类的内容都是老师用手写上去的。因为老师的疏忽，我的档案中出现了一些问题，所以被招录的学校退档了。那时我感觉天都塌下来了，我辛辛苦苦地学习，终于考上师范学校了，却因无法接受的意外让我不能被录用。

无奈，我只有选择读高中。我当时的中考成绩在高一新生排名中还是比较靠前的。但高中的学习让我很苦闷，毕竟我是被迫选择在这里接着就读的。我一直幻想着，如果我能被那所师范学校录取，我的生活又会是什么样子。高一时第一次模拟考试，我的成绩排在了下游。我很抑郁，我一方面提不起学习的兴趣，另一方面又担心高中毕业时如果考不上大学，以后该干什么。高二时我的成绩依然没有起色，看着父母叹气的样子，我的内心更是难受到极点。

高考了，我连专科线都没有达到。那段日子就好比世界末日一般。后来我去打工了，我想出去闯一闯。可外面的世界很精彩也很无奈。高中学历的我找不到什么好的工作，只能是做一些杂工。后来我决定回高中复读，复读的这一年我很努力，因为我知道这是我最后的考大学机会了。这次高考我考取了一所普通的专科院校。

两年的专科学习，我很珍惜。学校有什么活动我都积极参加，我还担任了学生会主席。毕业后我的就业之路又多次把我的心情打到谷底。还好，

所有的果实，都曾是鲜花

我都一次次地挺过来了。毕业两年后，我有了一份稳定的工作和一份稳定的收入。

以后的路还有很多的未知，但我愿意去挑战。也许，每个人的成长之路都会布满荆棘，勇敢一些，闯过荆棘，也许你会看到一束娇艳的鲜花正在开放！

第二辑

一根必须后天努力的木头

所有的果实，
都曾是鲜花

胜者为王

小时候，小伙伴们经常说他笨，他也的确不属于聪明的孩子。游戏时，他经常搞不懂游戏规则，常常被小伙伴冷落到一边，于是他就在旁边默默地看着，直到看懂为止。

小学时，他的成绩最高没超过八十分，偶尔还有不及格的时候，但他却很努力。他是个让老师既头疼又心疼的孩子，头疼的是有时很简单的问题，别的同学一听就会，可他就是不明白，不明白的时候他就一直缠着老师问，很是执着，老师有时会被他弄得哭笑不得，但老师并不讨厌他，反而很心疼他，因为老师知道他智商不高，确实比别的同学反应慢，需要付出别人几倍的努力。

中学时，他依旧那么默默无闻。他属于班里最刻苦的一个，但成绩却不是名列前茅。学校的老师都知道他的勤奋，有的老师说这个孩子有毅力将来会有出息的，也有的老师说他的先天条件太差了，估计以后也比较平庸。令人惊喜的是，初中毕业时他却考上了县一中，那一年他们学校考上县一中的只有五名同学，而他就是其中一个。

到县一中读书时，他依然保持勤奋好学的本色。高中三年是最艰苦的阶段，每个月只能回一次家，他为了不耽误学习，后来，把每月一次的假也省了，每次都让同村的同学给他捎点饭费回来，每年只有寒暑假或大型节假日才回家。尽管如此，直到最后模拟考试，他的成绩才勉强从下游升到了中游。

他这样的学生在高中时是不被老师看中的，因为老师觉得他的水平能考上专科就很不错，本科线根本不可能。出人意料的是高考时，他居然"骑"在了本科线上，被外省一个名不见经传的三本学院录取了，但专业不够好。尽管他成了班里高考的"黑马"，但所有的人都不看好他的前途和专业。

一晃大学毕业了，专业热门的同学很快找到了工作，他找了几个月工作也没有合适的，只能暂时回家务农。村里的叔叔婶子向他打探时，他觉得很不好意思，说工作不好找，打算考研，可没把握。叔叔婶子敷衍着说，那就试试吧，说不定就考上了。其实他们心里知道考研对于这个孩子难度太大了。

第二年春天，他居然考取了一所理工大学的硕士研究生，这很是让村里人吃惊。研究生压力应该比较小了，别人打工、谈恋爱，他却抱着书本啃，甚至比高中时还努力，这样，他成了同学眼中的"奇葩"。的确，凭他的智商和学习能力，要想顺利毕业肯定要下番工夫才行。

也许是别人的倦怠成就了他，毕业时他因为成绩优秀，又被保送读博。可他这次真想放弃了，因为他觉得压力太大。他的家人非常生气，觉得这是一件很光宗耀祖的事儿，怎么能放弃？父母再三劝解，甚至以死相逼，就这样，他被迫回到了学校。为了能早日毕业，他心无旁骛，丝毫不敢放松。

那年春节，家里请了好多客人，席间，大家都说他如何如何有出息，都觉得他是一个典范。他如释重负地对亲朋好友说："再有半年我终于熬出苦海了。"大家也知道他一路走来的不易，觉得他和他家人终于可以见到曙光了，都举杯祝福。晚上入睡前他的手机响了，是导师打来的，让他立刻返回学校，说有件很重要的事和他说。

所有的果实，都曾是鲜花

到了学校后他才知道，原来他被学校推荐公费赴美留学的名额定下了。所有认识他的人都被震动了。他说申报的人很多，比自己优秀、成绩好的人也很多，为何导师最后力荐自己呢？他自己也倍感意外。导师解释说，他不是最聪明的，但却是最努力的，后天的努力比先天的智商更为重要。

留学几年间，他很本分地做学生，勤恳地做试验，毕业时已经在国际权威杂志上发表过几篇很有分量的论文，成了业内年轻的专家。

毕业时他刚回国，就被一家英国公司以年薪10万美元聘走了……

他的故事让人感慨万分，也许你不是最优秀的，但只要你能始终如一地向着目标前进，在激烈的竞争中没被淘汰出局，熬过寒冬，坚持到最后，你就是胜利者。一个人如此，一个企业，一个民族不也如此吗？

第二辑
一根必须后天努力的木头

品尝声音味道的青年

詹姆士是一个与众不同的孩子。学会说话后，一次詹姆士对母亲说："妈妈，你的味道就像奶油冰激凌，我非常喜欢。"妈妈听后很不解，这时旁边的爸爸打趣地问："我是什么味道啊？"詹姆士撅起小嘴说："你的味道就像发了芽的豌豆。"

对于詹姆士的奇怪行为父母并没有太在意，以为这就是小孩子的胡思乱想、天马行空而已。可这种情况越来越多。这种异常是超乎于同龄孩子的。小学四年级的一次自习课上，班里的同学在认真地做作业，詹姆士的同桌不小心把铅笔弄到了地上，在这鸦雀无声的教室里能听到铅笔落地的微弱声响，这时詹姆士盯着落地的铅笔突然说道："我品尝到了全麦面包的味道。"同学们哈哈大笑，老师为詹姆士的话感到生气，她以为詹姆士在故意扰乱课堂秩序，狠狠地批评了詹姆士。詹姆士感到很委屈，小声说："我就是品尝到了全麦面包的味道嘛。"

在之后的课堂上，詹姆士又不止一次出现这样奇怪的行为，数学老师、英语老师都曾遇到过，老师们都觉得詹姆士太调皮了，总是说些搞怪的话影响课堂秩序。班主任不止一次地向詹姆士父母告状，说詹姆士在学校如何如何调皮捣蛋，一定要严加管教。父母也发现了詹姆士的异常，以为孩

所有的果实，都曾是鲜花

子的注意力不够集中，怀疑是不是有多动症。于是，就带孩子到儿童心理门诊看医生，医生给孩子做了多动筛查测评，测试结果未见异常。对于詹姆士平时奇怪的行为，医生给的解释是，这个孩子可能思维比较活跃，想象力比较丰富。

父母放心了，以为孩子大一点可能会好些，但詹姆士的状况并未改善。初中的一次历史课上，当他听到无头皇后安妮·博林的名字，竟不由自主地说道："我尝到了充满汁水的梨子的味道。"老师和同学们都怔住了，不知道詹姆士说的是什么，老师警告他上课要认真听讲。可每次的历史课，詹姆士都能把英国大多数君主和味道联系在一起，这让他轻而易举地记住了别的同学花费很多时间都背不下来的历史事件，因此历史成绩也总是名列前茅，可同学们知道他这种特殊的记忆方法后都觉得这不可能，他只是在吸引别人的注意。

随着年龄的增长，詹姆士每次听到别人的名字就会感受到不同的味道。他说他的大学辅导员是黑巧克力味道，他们班长是可乐的味道，他们宿舍的每个人他都感受到不同的味道，如浓香牛奶味，意大利面的味道，烤鸡的味道，香脆薯片的味道等。选择朋友时也是根据自己对别人名字的味道来决定，就像睡在他上铺的同学因为让他品尝到了香脆的薯片的味道，而成了他最好的哥们；他班里的一位女同学让他品尝到了香醇的葡萄酒的味道，成了他的女朋友。

工作后詹姆士也是靠味道来记一些东西，如上班的路线、公司同事的名字、会议的日期、加班的时间、客户的资料等，而且从没出过错。

詹姆士可以用味觉感知世界，这让他拥有了与众不同的美味人生，但这也为他的生活平添了许多烦恼。有一次周末，他一个人在家看一部灾难题材的电影，跌宕起伏的画面叠加着震耳欲聋的音效，这复杂的声音一直困惑着他。他每听到一个声音，就会不由自主地去联想相应的味道，如果找不到那种味道，他就会一直想下去。一场电影会有无数种声音出现，詹姆士会不停地想要品尝味道，不仅没有领略到剧情的震撼，自己也被弄得心力交瘁。

因品尝声音的味道多次给詹姆士带来困惑，在痛苦万分的情况下，詹姆士到医院接受了核磁共振检查，结果显示，他的大脑组织中处理听觉和味觉的部分存在着一种特殊的联系，也就是混合两种感官的联觉能力。医生说詹姆士的这种味道通感，是比较罕见的。这种联觉能力给詹姆士带来了麻烦，可又像是呼吸一样自然和不可或缺。在了解了自己的情况后，他加入了英国通感协会，进行各种通感演讲，并最终成了英国通感协会的主席。

独特的能力给了詹姆士美味的人生，同时也困扰了他的正常生活，但他却将劣势变为优势，闯出了属于自己的独特天地。其实，生命中的机遇对于每一个人都是公平的，没有尝试就没有成功。

所有的果实，
都曾是鲜花

改变就在一瞬间

　　这是他从家来到县城的第二天，夏季家里农活不是很忙了，在家里闲着也没什么收入，他想到县城里找点体力活以补贴家用。他从家里出来时带了三百元钱，想着没找到合适的工作时作为食宿用，可没想到在车站钱包却被偷了，现在身无分文，昨天晚上到现在水未喝，食未进，连睡觉也是在车站的躺椅上凑合的。

　　他想尽快找到一份工作，起码能解决食宿的问题，可并没有那么容易。他问过两家工地，工头都说不缺人；问过一家小饭馆，老板说他不合适。

　　他继续走在路上寻找，希望能看到光明。七月骄阳似火，火辣辣的太阳炙烤着大地，汗水顺着他的脸颊直往下流。他又饿又渴，喉咙干得厉害。他想到老家井里的清凉泉水，想喝就打一桶，凉爽，甘甜。他抿了抿嘴唇，这现在只能是奢望。

　　忽然，他发现了救命稻草，一个卖冰棍的小贩正向他走来。不时地吆喝道："冰棍喽，卖冰棍喽！"他下意识地把手伸进衣兜，可什么也没摸到。他这才想起自己现在身无分文，他只能看着到嘴的鸭子飞走了。

　　这时，一个穿得破破烂烂，带着大墨镜的老大爷映入他的眼帘，他想：难道城里的乞丐也耍酷，所以戴上了太阳镜？与此同时，他发现那老人前

第二辑
一根必须后天努力的木头

面正蹲着一个小孩儿，只见那孩子从口袋里掏出两枚一元的硬币，用那稚嫩的小手小心地放进老人身旁的一个小碗里。"谢谢！"老人感激地说。小孩儿就像受到了极大的荣耀，笑着一溜烟跑掉了。

这时，他走了过来。望着老人那紧闭的双眼，他似乎明白了什么，但此时他的目光却被那只沾满污渍的碗吸引去，他清楚地看见碗里那银光闪闪的硬币，像一个妖怪一样在诱惑着他："拿吧，拿吧，没人看见的！"就这样，一个邪恶的念头萌发了。他转过头看了看四周，发现卖冰棍的小贩已走远，其他一个人也没有。

紧接着，他转过头来，他的手已经伸出来了，正缓慢地向那个诱人的碗移动。"就拿一块钱，没事的！"他在心里安慰着自己。快了！他的手碰到它们了，冰凉冰凉的，闪着银色的光。也许是心虚了，也许是害怕了，他的手在不停地颤抖，以至于碰到了碗，发出了"当当"的声音。

"谢谢！"老人的声音忽然出现在耳边。顿时，他愣住了，他的手像触电般收了回来。

他的脸红了，像被人掴了一巴掌似的。他没有拿硬币，他想到了自己丢钱时，他咬牙切齿地痛恨小偷的情景，还有丢钱后自己的处境，又看了看眼前这位戴着眼镜但并不是为了耍酷的老大爷，他为自己刚才一瞬间的行为感到羞愧。

他快速地离开了这里，走到一处路口，看到一位大娘正在捡散落一地的空饮料瓶，看到大娘让他想到了自己的母亲，母亲大概也这个年纪，此时母亲在家干什么呢？也许在陪自己的儿子玩耍吧。如果母亲要是知道自己现在的困境一定会心疼得流泪，农村的日子虽苦，但不至于没饭吃，没水喝，但到了县城，到了异乡，没钱就什么也干不了。不时有几辆车从这里经过，他觉得大娘太危险了，于是他就帮大娘把剩余的瓶子捡了起来。

大娘说："谢谢你，小伙子。"他说："不用客气，大娘，我妈也像您这样年纪。"

所有的果实，
都曾是鲜花

　　这时，一位骑着摩托车的中年男士停到这里说道："妈，不是不让您出来吗？您怎么不听话呢？天多热啊，路上这么多车多危险。"原来是大娘的儿子出来找母亲了。大娘却倔强地说："我腿脚利落，能干得动就干点，闲着也是闲着。"顿了顿，大娘又对儿子说："刚才这位小伙子帮我捡瓶子，是个好人啊！"

　　于是大娘的儿子就和他闲聊了几句，得知他是来县城里找工作的，还丢了钱，爽快地说："兄弟，你人不错，你到我的工地上干活吧，我包了个工程，现在正好缺劳力工，管吃管住，一个月三千。"

　　工作的机遇就这样不期而遇了，他很庆幸他帮助了像母亲一样的老大娘，同时，他也很庆幸他刚才那一瞬间放弃了偷老大爷碗里的硬币。反之，他不知道后面等待他的是什么。

　　改变有时就在一瞬间，一瞬间可能艳阳高照，也可能万丈深渊，就看你怎么去选择。

第二辑
一根必须后天努力的木头

是艰难成就了我们

她在朋友的眼中是个女汉子，不是外表，而是内心。

那次，和朋友闲聊时，朋友好奇地问她，是什么让她有如此强大的内心，她说是艰难。她告诉朋友，她本来也是一个柔弱的女子，是这些年的经历让她变得强大起来。

她来自一个极其偏僻的小山村，她不甘心一辈子生活在这里，不甘心二十岁不到就和别人定亲，然后结婚生子，最后可能沦为一名留守的农妇，所以她上学时特别努力。因为对于一个山村的孩子，考上大学是唯一能改变命运的机会。家里并不是很支持她上学，因为要花钱，这些钱对于脸朝黄土背朝天的父母是很不容易挣的。而且她家里还有哥哥，农村重男轻女的思想是很重的，给闺女花太多的钱是很奢侈的事。

高考时她考上了大学，父母内心是希望她考不上的，因为哥哥这年也娶媳妇，盖房子，家里已经很困难了。收到录取通知书时她哭了，她不知道她能不能如愿地去上学。最终父母还是让她去了，是和家里的亲戚借的学费。

大学期间她学习没有丝毫放松，她想获得一等奖学金，这笔钱够她两个月的伙食费了。她总是吃最简单的饭菜，穿最普通的衣服，甚至没有太

所有的果实，
**　　都曾是鲜花**

　　多的娱乐，因为娱乐要花钱。同学眼中的她有些孤僻，别人周末去外面饭馆吃饭，去逛街，去唱歌，她却在教室学习、在图书馆看书，偶尔做个兼职。

　　大学里有贫困生助学金她申请了，钱不太多，而且一个女孩子贴上"贫困生"的标签是很没面子的事情，但她却想这些钱家里得卖半年的鸡蛋。

　　幸运的是，她毕业时就找到了工作，就在她读大学的那个城市。她不再和父母要钱了，而且每月还固定给家里一些钱。

　　理想是丰满的，现实是骨感的，后来她发现一个农村的孩子在这座城市里闯荡并非易事。每月不算高的工资要租房，吃饭，买一些生活用品，偶尔再随个份子，又得花去一大块。而那些家在本市的同事，在家里住，在家里吃，挣的钱自己随便花。

　　于是，她又成了单位里最努力工作、最任劳任怨的员工，因为她别无选择，她不能失业。有了一定工作经验，也有了一点经济基础后，她跳过一次槽，待遇也比原来好了很多。

　　毕业六年后，她才结婚。爱人也是普通的工薪阶层，俩人一起贷款买了房子，不大，但总算有了自己的窝。婚后，儿子出生了，本来是件开心的事情，但孩子到两岁还不会开口说话。她着急了，经诊断儿子语言发育迟缓，需要做辅助训练，而且这是个漫长的过程。她除了每周两次带孩子到专业机构做训练，每天还要做家庭训练。白天工作无论多辛苦，晚上都雷打不动地教儿子练发音。一个简单的字音，她需要说好多遍，儿子才勉强说出来。

　　教儿子发音是件很费力的事，她烦躁过，哭泣过，心情平静后又要一如既往地坚持。一年的时间，儿子已经能说简单的词语了，虽然同龄的孩子早能说完整的句子，但这对于她来说已经是莫大的安慰。

　　为了有更多时间照顾儿子，她辞职做了全职妈妈。为了能给家庭增加一份收入，她在朋友的带动下做起了微商。她的诚信和真诚让她的微商之路越来越顺，由初级代理到一级代理，后来做到了总代，收入是工作时的

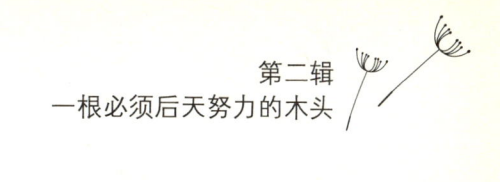

好几倍，而且时间比较自由，能更好地照顾儿子。

儿子在五岁时，已经能说完整的句子，并与人简单地交流了，虽然还达不到同龄孩子的发育标准，但她坚信儿子的表达一定会越来越好。

我们经常看到一些成年人被生活琐事折磨，眼神哀伤，面容憔悴，但在她的脸上我们看到的是坚定、乐观、豁达。她现在也算是事业小有成就的女性，但这份成功绝非偶然。她曾对爱人说，我能有现在的事业，还要感谢儿子呢，如果不是为了儿子我不可能辞职，最初做微商纯属为了生计，就想挣点零花钱，没想到收获很大。

感谢生命中那些艰难的时刻，那些异乡的漂泊，那些在暗夜里一边跟自己说着加油，一边往前走的日子。一定是它们成就了今天的我们，让我们能有足够坚硬的躯壳，去捍卫那些不可磨灭的信念！

所有的果实，
都曾是鲜花

像刘雯一样去战斗

　　她没有显赫的家庭背景，父母都是普通的建筑工人；她没有一见倾心的外表，皮肤黝黑，单眼皮，个子高高，这与传统的大眼肤白美女相差甚远；但她却是一个心怀梦想的女孩儿。

　　她心中一直有个模特梦。小时候，同龄的伙伴都喜欢看动画片，而她却对电视里走秀的模特很感兴趣。有时，她会学着电视里模特的样子扭着小屁股，走着猫步，她的滑稽样子常常让家人哈哈大笑。家人只是以为小孩子的搞怪罢了，从没有想过这个孩子原来是真的憧憬模特。

　　转眼间，她长成一个大姑娘了。十七岁时，她听说一个新丝路模特大赛，她特别想参加。家人劝她，还是好好读书吧，模特这行业可不是一般人能从事的。家人说的不无道理，做模特需要精致的五官，完美的身材，而她有的只是高高的个子。但她还是参加了，从海选、初赛再到复赛，一路走来，她都获得了评委的认可，最后获得了湖南赛区的冠军。

　　这次经历是她命运的一个转折点，从此她就更加坚定了自己的梦想，她想当一名职业的模特。参加完新丝路模特比赛后，她告别了家人，只身一人开始了北漂生活。她虽然获得过新丝路模特大赛的冠军，有一点知名度，但在偌大的北京城，人才济济，竞争很激烈。开始她发展得并不顺利，

第二辑　一根必须后天努力的木头

　　她被拒绝很多次，因为设计师们说她五官不够立体，台步也一般，觉得发展空间有限，就不太看好她。

　　但她不灰心，也不气馁。不太忙时她通过看书来提升自己。在她的合租屋里，她最大的资产就是一大堆的时尚类杂志。她常常研究杂志上的名模是如何摆造型、如何做表情的，然后自己来摸索实践。

　　机遇都是垂青于有准备的人，终于她从试衣间模特逆袭成一线杂志的超模。那次，她为一本知名的服饰类杂志试衣，恰巧艺术总监也在。艺术总监觉得这个女孩有着超乎寻常的气质，决定包装她，于是艺术总监给她拍了一组大片，效果非常完美，她的一张照片还上了封面。这是她模特生涯的一个真正意义上的转折点。从此以后，她的机会也越来越多，她走上了国际四大时装周的T台，而且获得数十次的秀霸，她开始了自己的模特时代。而后她头顶上的光环也越来越多，越来越璀璨。《纽约时报》称她是"中国第一个真正的超模"。她还被评为全球五十大模特，排行榜第五。

　　然而风光背后，她的付出也是常人难以想象和承受的，别人只看到了她成功的光环，却看不到她的心酸和汗水。一年两次的四大时装周，是她最忙最累的时候。她每天的时间是很紧张的，可以说是争分夺秒，身体也是超负荷的。她要背着三斤多重的模特本、拎着高跟鞋奔波在几十个品牌之间面试、试装、走秀；陌生的工作环境、陌生的语言，每天精神都处于高度紧张状态；有时候一天要走五六场秀，从早上天刚蒙蒙亮不间歇地工作到晚上九点多；为了赶场经常用冷水洗头，吃饭没有固定的时间，休息无法保证正常的睡眠。她自己也说过："任何一个行业都很难一夜成名，人们往往只看到成功表面的光鲜。模特首先是个体力活，你要能吃苦。"

　　她就是国际超模刘雯。生活中的刘雯，虽然每次给人感觉都笑嘻嘻的，但在公众场合上说话却是很严谨的，明星的一言一行都有可能让娱乐记者有机可乘，她不想给任何人带来麻烦。她其实是一个很小就扛起很多担子的"孩子"，有时候都会让人感觉心疼。她没有被呵护过，只知道工作，

所有的果实，
都曾是鲜花

但她的身心依然还是很健康，很正面，很拿得起放得下。她可以跟"敌人"握手言和，她对身边的工作人员也非常好。

不要仰慕那些出身高贵的名媛，不要羡慕嫁入豪门的漂亮女星，刘雯才是这个时代的女同胞们应该膜拜和效仿的偶像。

年轻人，要像刘雯一样努力奋斗，人生会有另一种可能。

第二辑

一根必须后天努力的木头

苦难是铺路石

  他现在是保险公司的一名总经理，年薪三十多万，在他人眼中属于成功人士。每次在新人的培训会上，他总要讲一讲自己的亲身经历与新人共勉。

  他本是一个农村的孩子，上学时刻苦学习考上了一所师范院校，但他这一届正好赶上毕业不分配工作，于是，毕业后他在上学的城市选择了一份和本专业相关的工作，到培训学校当了一名语文老师。

  当时的工资是很低的，每月基本工资加课时费不足一千元。由于他能力突出，入职半年左右，他就被提升为教学主任，但主任津贴也就两百元，所以当上主任后他工资也就一千多，但他却踏踏实实地干着。其他同事因工资低常常抱怨，而作为主任的他总是这样劝同事："把课讲好，把班带好，你能力强了，就有底气和老板谈涨工资了。"

  毕业两年后，他成家了。他决定买房，因为租的房毕竟永远是别人的，他想在这个城市有个自己的家。其实他生活的那个城市当时房价还不太高，每平方米仅两千多元。他和爱人选了个户型比较小的，五十多平，总价需要十多万，但他的手里当时的存款不足一万。家里东拼西凑给凑了三万，他又和关系比较好的同学、同事借了一些，总算凑足了首付的钱，从此他

所有的果实，
都曾是鲜花

就开始了房奴生涯。

一年后，他家的孩子降生，爱人为了照顾孩子，无法出去工作，生活的重担一下子全都压在他身上了。而这时他的工资也就一千五左右，每月需要还八百元的房贷，剩余的七百元就留作生活开销了。柴米油盐需要钱，孩子奶粉需要钱，可见七百元钱是不够的。同事问他："你每个月都是怎么过的啊？"他说："能不买的就不买呗，能吃饱饭就行了。"的确，他身上常穿的那件西装还是他结婚时买的；别人骑着电动车上班，他却骑着一辆从二手市场淘来的破旧自行车上班；冬天时蔬菜贵了，他家就吃一冬储存好的萝卜、白菜，同事问他吃不腻吗？他却乐观地说："在农村不都这样吃吗？那些绿叶蔬菜都是大棚里的，还没萝卜白菜有营养呢！"

有同事劝他换份工作，觉得以他的工作能力干什么都比在学校当老师挣得多。他说，把小事先干好，才能干大事，现在毕竟有份稳定的收入，还完房贷后还能勉强生活，如果换工作可能开始连稳定的收入都无法保证，这样连房贷都还不起了。就这样他在学校工作了五年，这五年他不光教学，还主管招生，主管日常管理。他的工作经验很丰富，工作能力也非常强，但后来因为培训学校的竞争激烈，他所在的学校地理位置不够好，生源逐渐流失，学生少了，教师的工资也就降了。本来不高的工资再往下降，那他真的连饭都吃不起了。他找校长说明情况想辞职，校长很理解，希望他能有更好的发展。

他去人才市场转了一周，没有找到太合适的工作。还好这一年孩子上幼儿园了，爱人也找了一份工作，有一些收入。在找工作的过程中，有个保险公司在招聘，建议他去面试，当时他对卖保险并不感兴趣，但没有找到合适的工作就去看了看，后来阴差阳错就决定在那里工作了。他的努力加上他的能力让他在第一个月就得到了三千元的提成。为了赚到更多的钱，他常常到附近的农村去跑业务，到冲刺阶段，他常常要半夜才能到家。他不畏寒冬酷暑、刮风下雨地跑业务，半年后终于被提升为业务主任。收入

第二辑
一根必须后天努力的木头

提高了不少，家里的那点房贷已经不是问题了。一年后，他有了一些积蓄。为了更好地跑业务，他还买了一辆七八万的车。两年后，他又升为业务经理，开始有了自己的团队。他的团队一点点地壮大，由最初的几十人发展到几百人。他做了五年的业务经理，后来又跳槽到一家公司当了总经理，主管公司的全面工作。

　　他以前的同学同事都说他很厉害，可他却微笑着说："这都是生活所迫啊！我没想过我会走上卖保险的路，更没想到会有今天的成就，当时的确是生活压力太大，才上保险公司试一试的。"他说的没错，如果他也是个城市里的孩子，结婚后父母给提供一套现成的住房，他就不会沦为房奴，也不会为经济问题发愁，也许，他现在还在从事着一份朝九晚五的工作，领着一份不高不低的薪水。

　　当我们面对生活的苦难时，请淡然面对，熬过苦难，你的人生会得到不一样的收获，苦难或许让你更好地成长，或许能成为你生活或事业的铺路石。

所有的果实，
都曾是鲜花

贫寒是凛冽的酒

小学毕业的那年夏天，父母曾经带我到北京玩。在那个交通闭塞、收入不高的时代，父母能带我看到现实中的天安门城楼，这着实是一件让同龄伙伴羡慕的事情。

在天安门广场上，我们遇到一个拾废品的人。闲谈中，父亲问他一个月可以挣多少钱，那人说有两千多块。等那人走后，父亲跟我们说，留下来捡破烂都比在家里挣得多，我们就不要回去了。当时我还以为父亲是在开玩笑，但没想到父亲却是认真的。

我记得，父亲当时的工资尚不到一千快，虽然说那时正流行着下海经商，可父亲当时以单位骨干的身份，毅然炒了公家的鱿鱼，还是震动了乡县，以至于家乡人对于父亲携妻带子的"北漂"行为充满了不同版本的猜测。

其实父亲令人不解的决定多半是为了我，为了我更好地求学。在北京的日子并不比在老家过得更富裕，反而更艰苦。我们属于外地人，没有北京户口，我在那里上学是要交暂住费的，而且暂住费很高，给我交完暂住费后家里就剩下两千块钱了。我们要租房，要吃饭，父亲做点小生意也需要本钱，所以我们平时都很节俭。那年冬天，我们因没钱买煤，连暖气都没烧。

第二辑
一根必须后天努力的木头

  我们就在这冰窖一般的小屋熬着，只能盼望早一点开春。春节时，我们本是打算回老家探望亲友的，但因为父亲的小本生意并没赚到多少钱，我们连给亲友买礼物的钱都拿不出，只好打消了回老家的念头。

  这样穷苦的生活，总是让母亲担心我的营养。她常说："大人吃糠腌菜没事，孩子长身体呢，缺了营养可不行啊。"于是母亲常常给我买鸭架子吃，因为鸭架很便宜，只卖两块钱一个，主要是上面的鸭肉还不少。那时候对于我家来说是难得吃上肉的，鸭架就算开了荤腥了，但买来的鸭架母亲从来不吃，只让我和父亲吃，她说吃不惯那味，我当时还真天真地以为母亲不愿意吃，后来才明白她是舍不得吃。

  后来母亲又听说泥鳅有营养，她就到菜市场买那种即将要死的泥鳅。母亲说，这样泥鳅的价格便宜一半，但营养是一样的。母亲常常给我做泥鳅炖萝卜，这对当时的我来说是一道极其美味的菜肴，每次我都是狼吞虎咽地吃。母亲总是在一旁看着我说："多吃点，好长大个儿。"有时，母亲还会把泥鳅晒成干，然后装在罐子里，等没有新鲜泥鳅时拿出来给我吃。

  我们当时的居住条件也是很差的，我们的小屋紧邻厕所，夏天一到，总是闻到难闻的臭味。条件稍微好一些的都不愿意租这个屋子，但我们为了房租便宜只好忍受了。屋内的设施也非常简陋，两张床，一张是父母的，一张是我的；一张桌子，既当我们吃饭的饭桌又当我学习时的书桌。除此之外，只剩下一个60瓦的电灯、一个小电饭锅和我学习英语用的复读机。而复读机属于我家最高档最奢侈的物品了，它在我家还兼具娱乐功能，父亲喜欢唱京剧，我不用复读机的时候，父亲会用复读机把自己唱的京剧录下来，然后再播放给我们听。家里的电饭锅除了用来煮饭，还用它烧水，因为母亲觉得这样可以省下买一个热得快的钱了。还记得那次，电饭锅里正烧着开水，我一不小心绊倒在了电源线上，打翻了电饭锅，我没来得及躲闪，滚烫的开水撒到我的脚面上，顿时起了一脚的泡。母亲心疼得直掉眼泪，一边流泪一边自我责备："要是买个热得快，我儿子可能就不会被

所有的果实，都曾是鲜花

烫伤了，都怪我啊……"

也许是年少不知愁滋味，当时的贫苦对于我没有太大的压力，而在穷苦中我还学会了一种技能，那就是炒衣服。所谓炒衣服就是把洗完的衣服放进加热的锅里炒，这样衣服就能很快干了。因为我们上学是每天都要穿校服的，家里条件好的同学都买两套校服，换着穿，而我只有一套校服，有时洗了之后怕干不了影响第二天上学，就想到炒衣服这一招。我炒衣服的技能是很高的，总能恰到好处的把衣服炒干，而且从来不会糊。

好在后来富裕了。但是真正的财富，也许不是后来的富有，而是当年的贫寒。正如歌中唱的："贫寒像凛冽的酒，喝过才敢提着虎拳，往世上走。"

第二辑
一根必须后天努力的木头

毛毛虫怎样过大河

十一长假约了几个同学爬山,大家各自带上了伴侣、孩子,一家家其乐融融。

见惯了繁华的街市、热闹的游乐场,到野外感受大自然,会带给大人和孩子不一样的体验和惊喜。我们几个大人在这绿树如茵的大自然中,一起开怀畅谈,顿感身心放松了不少。孩子们也是解放了天性,对于一草一木、一花一叶都十分好奇,几个小朋友聚在一起有说有笑,很是开心。

中午时分,我们在下山的途中休息。几个孩子在一边捡石子、捡树叶,觉得像发现了宝贝一样。突然,一个孩子像发现新大陆一样大喊:"毛毛虫!"我们赶忙回过头去看,原来不远处正有一只毛毛虫向我们慢慢爬来。看着毛毛虫大军,一个胆小的小女孩吓得钻进了妈妈的怀里,两个胆大的男孩则拿小棍子挡住毛毛虫的去路。

这时,我的脑海中突然想起在一本书上看到过的关于毛毛虫的脑筋急转弯。

于是我对大家说:"给大家出个脑筋急转弯,是关于毛毛虫过河的。说是对岸鲜花盛开,四季如春,宛如天国,毛毛虫要去对岸生活,可是一条大河阻挡了去路,桥又在很远的地方,那么毛毛虫要怎样才能渡过大河

所有的果实，都曾是鲜花

呢？"

大家只迟疑了一下，随后，千奇百怪的答案便出来了。

做游泳教练的萌萌爸说："毛毛虫是游过去的！"孩子立刻反问："爸爸，毛毛虫会游泳吗？它会不会被淹死？"我们听了也是哈哈一笑。

妞妞妈妈是初中地理老师，她说："从地图上爬过去。"几个孩子听了之后一脸茫然，不知何意。

依依爸爸是商人，他说道："爬过去、游过去都不现实，它可以躲到过河人的身上，让过河人带它过去。"我们很佩服他精明的头脑，笑道："要是毛毛虫有你这么聪明就好了。"

随后几个孩子也都说出了自己的答案，有的说落到叶子上被大风吹过去，有的说花钱坐船过去，有的说等河水干了再过去，还有的说做梦时过去……但没有一个人说出正确答案。

最后他们问我正确答案是什么，我骗他们说我也不知道。

我们歇够了，便准备下山了，毛毛虫过河的事也告一段落。在快到景区门口的时候，有一处摆着很漂亮的花卉盆景，自然也招来了不少蜜蜂和蝴蝶。孩子们被眼前的景象吸引住了，说什么也不肯走。我们随着孩子驻足在这里观看蜜蜂采蜜、蝴蝶恋花的美丽画面。

这时，上幼儿园大班的瑞瑞一脸认真地说："我知道了！"我们有些疑惑，不知道他想说什么。

我问："瑞瑞，你知道什么了？"

瑞瑞说："我知道毛毛虫怎样过大河了。"我们早已不在想这个问题，没想到这个孩子一直在思考。

我接着问："你说毛毛虫是怎样过去的？"

瑞瑞没有直接告诉我们答案，而是指着花丛中的蝴蝶用稚嫩的声音说："阿姨，我们班老师说过，蝴蝶是由毛毛虫变的，那么毛毛虫要想过大河，可以稍微等一下，等它变成蝴蝶时就能很容易地飞过去了。"

第二辑
一根必须后天努力的木头

　　大家听了之后都惊讶于他一个不过六岁的孩子，居然有这么强的逆向思维，老师说过蝴蝶是由毛毛虫变的，所以他想到了过大河的毛毛虫有一天会变成蝴蝶的，蝴蝶会飞，过大河就不是难事了。

　　我们一致称赞这个聪明的孩子，觉得他的答案是最靠谱的。大人总是把一个问题想得过于复杂，过于功利，而孩子看似简单的头脑却往往能够发现事物的本真。

　　是的，只是一道脑筋急转弯而已，所有的方法都可以，只要能到彼岸就行，可是我最喜欢的答案是：变成蝴蝶飞过去。

　　想想看，这是一件多么美妙的事情啊！从一个小小的卵开始，毛毛虫经历多次的蜕皮、长大，然后成蛹，在某个风和日丽、花香弥漫的日子，毛毛虫变成了美丽的蝴蝶，在众人的敬慕里，带着尊严与喜悦翩翩飞过大河，到达鲜花盛开的彼岸。

　　我想这是真正聪明、真正值得敬佩的毛毛虫吧！不异想天开，不依附别人，不投机取巧，无惧秋雨冬雪、寒风酷热，在四季交替中克服一个个困难，带着自信安然地成长，不断地自我完善，直到变成美丽的蝴蝶，然后翩翩飞过大河，到达幸福彼岸。

　　但毛毛虫需要等待，正如瑞瑞小朋友说的："毛毛虫要想过大河，可以稍微等一下，等它变成蝴蝶时就能很容易地飞过去了。"人类的成功有时亦是如此。

所有的果实，
都曾是鲜花

硬币花

　　有这样一个人，他经营着一家算不上成功的制衣厂，工厂经常遇到这样那样的问题，几次都差一点陷入绝境。这一次，工厂又因为资金链断裂而陷入困境当中。这一次，他连一点购买原材料的钱都借不到了，工厂处于半停产状态。面对眼前的困境，他想，这次工厂可能真的要关门了。

　　就在他陷入绝望中的时候，一天，工厂里来了一位年轻女子，他的工厂出现了转机。年轻女子说："我们公司有一笔大的外单业务，急需大量硬币花，听朋友说你们工厂有货，我们想出高价购买。"

　　他心里窃喜，觉得这是老天在帮他，在他这儿已经没有价值的硬币花，竟然有人高价购买。他把年轻女子带到一个仓库，仓库里满是灰尘，一看就好久没人进来了。仓库内码着整齐的塑料箱子，他告诉年轻女子，箱子内是硬币花。年轻女子想看一看箱内的硬币花质量如何，她让助理打开了一个箱子，箱子打开后，鲜艳的硬币花展现在眼前。年轻女子仔细看了看眼前的硬币花，觉得做工非常精细。

　　年轻女子问他："你们厂子一共有多少硬币花？"

　　他说："每箱一千朵，有五百箱，共五十万朵。"

　　年轻女子毫不犹豫地说："我全要了，您看今天能不能签合同？"

第二辑
一根必须后天努力的木头

他太意外了,没想到这么快硬币花就有出路了,而且还能换回一大笔现金。他急忙说:"没问题,没问题!"

"不过,我很好奇您为什么积压这么多的硬币花?"年轻女子补充了一句。

他笑一笑说:"十几年前,我们工厂需要很多这样的硬币花,可是后来,因业务转型,就不再需要了,之所以有这么多的积压,是因为不再需要之后仍有一位女工在织,而且一织就是十年。"

年轻女子不解地问:"不需要,为什么还接着织?您介不介意给我讲一讲背后的故事?"

他给年轻女子讲起了硬币花背后的故事。

织硬币花的女人是他的一位恩人。那是他工厂刚刚起步的时候,一次他骑着摩托车带着三万货款去银行,由于骑得太快,装货款的袋子从摩托车上掉了下来,但他并不知道。正好一位清洁工大姐捡到了,当时冲他喊说他掉东西了,但他并没有听清,继续往前骑,清洁工大姐就一路追他,追上他后就把袋子还给了他。他这才知道刚才钱丢了。那三万货款对于他太重要了,如果没有了,工厂可能就办不下去了。他很感激这位大姐,想给她点钱作为感谢,但大姐不要。他给大姐留下一张名片,说是以后有困难可以找他。

但大姐并未找过他。直到第二年,他们工厂招聘织硬币花的女工。硬币花是一种用细毛线钩成的五个花瓣的小花,两分硬币一般大小,缝在出口毛衣的袖口和胸前,作为一种服装辅料。大姐去应聘,他们又相见了。原来这位大姐因一场车祸落下残疾,无法从事体力劳动,想做点手工活,他毫不犹豫地答应了大姐。大姐的手工很好,而且做的速度很快,织硬币花的收入比过去做清洁工的收入还高。

可天有不测风云,大姐的丈夫因突发心梗丢下大姐和刚上初中的女儿,突然撒手而去,生活重担一下子压到了大姐身上。于是他想帮帮大姐,他

所有的果实，
都曾是鲜花

　　以大姐织的硬币花好为由，给大姐涨了工资，大姐开始很推辞，但最终还是接受了。大姐钩花的速度越来越快，加上起早贪黑，每个月，她都会有一笔可以勉强将生活维持下去的收入。用这些钱，她的女儿读完了初中和高中，考上了理想的大学。因为女儿，因为硬币花，大姐虽然很累，却很满足。

　　可几年后，他的工厂外单业务取消，不再需要硬币花了，可他依旧让大姐织。因为他知道一旦大姐不织硬币花就失去了稳定的收入，而以大姐的个性也不会接受他的帮助。后来，他把每个硬币花的手工费涨到了四毛钱，他还骗大姐说织硬币花全国都涨工资了。其实大姐那时真的需要更多的钱。女儿读大学了，生活压力变得更大。每个硬币花从两毛钱变成四毛钱，这等于说，大姐每个月的收入会增加一倍。

　　大姐每天钩着五颜六色的硬币花，一晃就是十年。直到大姐的女儿大学毕业，女儿在一个大城市找到了一份很不错的工作，想把大姐接过去一起生活，大姐才开始停止钩硬币花……

　　年轻女子听完硬币花背后的故事，满含泪水地说："叔叔，谢谢您，我就是您说的那位大姐的女儿……"年轻女子伏在桌子上，为这笔货款，签下了很大一张现金支票。

第二辑　一根必须后天努力的木头

骆驼定律

这些年教育培训市场遍地开花，而一提到新东方那更是无人不知，无人不晓。新东方可以说是中国教育培训领域的领头羊，而创始人就是颇负盛名的俞敏洪。

俞敏洪能把新东方做到享誉国内外，离不开他妻子的帮助。他和妻子相识在北京大学，妻子当时是北京大学德语系名副其实的系花，而俞敏洪是北大一名刚刚留校任教的英语老师。虽然是名校的一名老师，但骨子里还是自卑的，因为俞敏洪是农村孩子，普通话也不标准，其貌不扬。

俞敏洪曾问妻子看中了他什么，妻子说，你的大脑里能储存八万个单词，就像骆驼能储备水一样，扔在哪都不怕，可靠极了！

凭借对英语的独到见解，俞敏洪在英语教学上也总结出一些应试经验，开始在校外带各种托福培训班，想多赚些钱凑齐到美国留学的费用，但他在校外兼职捞外快的事情被北京大学知道了。北京大学是严禁本校老师在外兼职的，于是给俞敏洪一个警告处分，并在校内的电视屏幕上公告示众一个月。俞敏洪的脸面有些撑不住了，总感觉被同事指指点点，总是抬不起头来。没想到妻子竟为他酝酿出更具"颠覆性"的主意，妻子说，不然，我们自己创业吧？于是，俞敏洪和妻子离开了奋斗十年的北大校园。

所有的果实，都曾是鲜花

离开校园后，俞敏洪和妻子开始筹办培训学校的事情。后来他们在北京中关村租了一间十余平的教室，而且是违章建筑。因为北京的房租太贵，面积大的、正规产权的房租费高得吓人。他们把学校的名字定为新东方英语培训学校。可那时北京的英语培训班有好多都做得风生水起，不起眼的新东方根本无人问津。俞敏洪又上火又着急，起了满嘴的水泡。为了让人知道新东方学校，俞敏洪和妻子开始没日没夜地在大街小巷里贴招生广告。后来妻子又买来一辆二手自行车，跟着俞敏洪一起到零下十几度的户外贴广告，每次贴完广告浑身都冻僵了。妻子边贴边憧憬：等哪天报名人数多了，学校名气大了就不来贴广告了，回前台专门接待去！那时，他们夫妻俩就像两头吃苦耐劳的骆驼，在茫茫沙漠中寻找有限的水源……

渐渐地，新东方的名气在北京越来越大了，学校也发展壮大起来，俞敏洪的名字也被很多人熟知。可灾难却忽然降临！一天晚上俞敏洪独自回家，走在楼梯上，刚发觉感应灯不亮，前后已扑上来两名男子，把俞敏洪夹在楼梯中间，其中一名朝俞敏洪大腿上猛扎了一针，俞敏洪当时就昏倒了！两小时后，俞敏洪发现自己已在屋里，忙挣扎起来给妻子打电话……

事后，俞敏洪发现家中的二百余万元学费遭抢劫。原来，劫匪给他打的麻醉剂原本是给大型动物用的，剂量非常大，给人注射有很大的生命危险。俞敏洪能活下来是捡回一条性命。最终，劫匪被绳之以法，但这次劫难给俞敏洪造成了很大的心理阴影，让他经常在晚上睡不好觉，即使勉强睡着了也是噩梦连连。由于睡眠不足，白天工作也打不起精神。这对于学校的发展产生了很大的影响。妻子看在眼里，急在心里，她要想办法帮帮丈夫。

一次，妻子陪俞敏洪参加完一个同学聚会，意味深长地吐出心声："人生最大的成功就是活得比对手长，这样一来别人用五年做成的事你可以用十年去做；别人用十年做成的事你用二十年去做。如果这样还不行，你就保持身体健康、心情愉快，到八十岁把他们一个个送走以后再来做！相信你是一头永不放弃寻找水源的骆驼。"妻子这番话让俞敏洪决心携着妻子温暖的手走出心头那片荒漠。

　　俞敏洪重新投入到新东方的发展中，后来新东方成立董事会，开始以国际标准锻造企业；又过几年新东方在美国纽约股票交易所挂牌上市；新东方下属的学校和学习中心达到了两百来家。如今，俞敏洪仍喜欢将自创的"骆驼定律"用来经营自己的事业。俞敏洪告诉自己，生活不需要像骏马一样炫目与驰骋，而是要像骆驼，因为俞敏洪尊重这样一个科学事实：马做什么都比骆驼快，但骆驼一生走过的路却是马的两倍。

所有的果实，
都曾是鲜花

餐馆里的哲理课

那段时间心情不够好，想出去散散心，于是和朋友报了一个旅游团，开始了一趟云南之旅。到云南玩了一天之后，第二天晚上是自由活动，我们想一起到街上吃点东西，无意中，我和朋友被一个名为"星光"的音乐餐厅吸引住了，于是决定进去看看。

餐厅并不太大，分为用餐区和表演区。用餐区的装修看上去很雅致，给人一种舒适、典雅的感觉，我们一进去就陶醉在这个环境中了。表演区的舞台虽然不够豪华，但却简朴而不失风格。舞台上音响、灯光、乐器等一应俱全，屋顶上，一台倒挂着的像钢琴的装饰和粘贴在屋顶的五线谱以及各类音符为整个餐厅营造出了浓厚的音乐氛围。在北京的餐厅里，用餐时可以欣赏到艺术表演不算稀奇。不过，在遥远的云南我们还是充满了期待，心里想着会是一群什么样的艺术家来这里表演呢？

在等待表演的时候，我和朋友坐在那里闲聊，此时一位年轻漂亮的服务生向我们走来。她微笑着自我介绍说叫丽莎，确认了我们的点餐之后，便开始很专业地为我们摆放前餐所用的餐具。言谈举止中，一股超乎寻常的自信和灵气吸引了我们的目光。朋友悄悄对我说："这个服务员一定受过特别专业的培训，感觉言谈举止都特别得体，这样的服务员以前还真没碰到过。"朋友的话我也有同感，我总感觉丽莎不像我们眼中的服务员，更像一些大企业高管的助理。我再仔细观察，发现其他的服务生也大多在二十岁上下，青春、靓丽而不失干练是他们的共同特点，这似乎也成了这个餐厅里的一道独特的"风景线"。

晚上八点，当丽莎拿着话筒走上舞台，用一首欢快的流行歌曲点燃了整个餐厅的气氛后，我们才明白，一直等待的"艺术家"们原来就是身旁的这群服务生。这是我们始料未及的，但我们一点都没感到失望，反而感觉这样的表演更有特色。从前餐到正餐，再到甜点，大约十来名服务生轮番上阵，他们表演了风格迥异的独唱、合唱、乐器演奏和舞蹈等。尽管表演会让前餐、正餐和甜点之间的间隔时间拖长，但我们丝毫没有怨言，我们感觉我们不是来吃饭的，而是来看表演的。

最后，餐厅经理利告诉大家，这些服务生都是专业院校的在校生或毕业生。在这里工作，他们首先需要通过表演面试后，餐厅会有半个月左右的培训，包括餐厅礼仪、菜单等。对于这些普遍具备高学历和表演才艺的优质服务生，餐厅也会充分尊重每一个人的服务风格。比如，一个唱rap的人可能性格比较开朗，能和顾客侃侃而谈；而一个唱抒情歌曲的人可能性格比较内敛，不愿多说话……二十三岁的小白是师范院校音乐系的本科生，他已经在"星光"餐厅工作了两年了，他出过唱片，目前还有自己的乐队。二十一岁的楠楠是学理工的一名学生，不过他为了追求音乐梦想而选择了休学……前一分钟，这些有着音乐梦的年轻人还在厨房和过道奔波，忙着为客人送餐；下一分钟，他们已经站在聚光灯下，在舞台上绽放着各自的魅力。舞台上，他们是受人崇拜、吸人眼球的未来之星；舞台下，他们是迎来送往、传酒上菜的服务生。角色快速转换，他们没有任何的不适感，台上与台下的笑容同样令人心怡。

在表演未开始前，我们邻桌的顾客似乎情绪不佳，对服务员的态度也很不友好，在等待表演的过程中，也一直在埋怨，嫌等待的时间有点长。

所有的果实，都曾是鲜花

但在看服务生上台表演过程中，邻桌顾客的态度好转了很多，多次不由自主地拍手叫好。

之后，我和朋友好奇地问丽莎，为什么选择在这里工作。丽莎说了一段意味深长的话，她说，每一个人在人生旅途中都会经历高峰和低谷，一个放不下身段的人，是很难成为生活的强者的。在这里工作，她能积累表演的经验，还能在与人的交往中寻找创作的灵感，她很享受这一切。

我和朋友被丽莎的话感动了，被这些高学历的餐馆服务生的选择感动了。

在旅行结束后，这家餐厅的名字和这些风格独特的服务生在我的心里打下了深深的烙印。这些服务生就如这餐厅的名字一样，在夜幕下闪着星星一样的光芒。成功与失败，精彩或平淡，或许都不是最重要的，关键是要以平常心享受生活。"星光"之用餐，不只是一次就餐经历，还是一堂意外的哲理课，平凡中依然能闪现最耀眼的光芒。

第二辑
一根必须后天努力的木头

苦难，是化了妆的祝福

她是一所高校的老师，脸上总是挂着笑容，说话很亲切，举手投足散发着文化气息。

她有个自闭症的儿子，如今已经读中学了。都说孩子是上帝送给父母的礼物，但对于她，等于上帝给她送了个苦难。儿子出生后，就与正常孩子存在异常，到了一定月份还不会与人正常的眼神交流，对父母的呼唤没有应答。在当地的妇幼医院就诊后，医生建议去北京、天津等大医院去看，她和丈夫带孩子去了北京、天津等多家医院，医生都诊断孩子患有自闭症。

这个消息对于她和丈夫如同五雷轰顶，她多少次以泪洗面，有多少个夜晚她总是在泪水中入眠。因为自闭症是不可治愈的，只能通过后期的教育和训练让孩子情况有所好转，但像一个正常孩子一样，那是不可能的。为了儿子的进步，她不知跑了多少次大医院，不知听了多少次自闭症方面的讲座。

儿子六岁时，丈夫与她离婚了。丈夫无法忍受每天面对一个自闭症孩子，也受够了这几年因为孩子，夫妻之间的无休止地争吵，他想解脱了，寻找新的生活。她何尝不想解脱，但这是她身上掉下的肉，更何况照顾这个孩子也是父母的一份责任。

所有的果实，都曾是鲜花

儿子六岁前因没有幼儿园接收这样的孩子，她上班时孩子由婆婆照顾。但离婚后，孩子归她，婆婆也就不再承担这个义务了。她想给孩子找个学校，天无绝人之路，有个城乡结合的小学终于答应她接受这个孩子，虽然离家有些远，但对于她已经是很不错的结果。

儿子上学后，等于进入了集体环境，这对于正常的孩子不是很难的事，但自闭症的孩子不懂与他人交流，生气时会不分场合地大喊大叫，开心了，在安静的课堂上会突然高歌一曲。但不让儿子上学，不接触群体，更不利于儿子的进步。儿子的班主任多次找她和校长抱怨，说这个学生给班级管理造成了很大的困惑。

她再三地求校长和班主任，希望他们留下儿子，说儿子的情况会好转的，她在家会加强对儿子进行专业的教育训练，争取不让儿子影响课堂。然后她给校长和班主任讲了她教儿子学刷牙的事。刷牙这件事，其他孩子一两次就学会了，她教儿子足足有三个月。没学会前，每一次儿子都会把牙膏和漱口水咽下去，因为对于这个动作技能儿子无法理解，咽牙膏次数多了，会反胃，就拒绝学刷牙，她是想尽了所有办法，引导儿子来领会这个本领的技能。其实，每次看到儿子咽下牙膏的样子，她的心都在滴血。她甚至想，老天可以在某些方面惩罚一下她，但请不要让儿子这般痛苦。学习了三个月，儿子终于学会了刷牙，这对于她是莫大的安慰。只要儿子能进步，她心甘情愿付出的比别的父母多……

校长和班主任都被她感动了，校长说，我们会让你儿子在我们学校学习。班主任说，我也是个做母亲的，你很不容易，也很让我敬佩，我以后会尽量帮助你儿子，也会和班里的其他家长和学生说多包容和理解你儿子。

儿子上三年级时进步了不少，基本不会扰乱课堂了，虽然考试达不到及格线，但也能学到一定的知识，这也是很不错的。令人欣喜的是她发现儿子在音乐方面很有天赋，就给儿子请了音乐家教，教儿子弹钢琴，唱歌。儿子很愿意学，而且学得特别快。儿子出色的表现常常令老师惊讶。后来

第二辑
一根必须后天努力的木头

她带儿子参加一次自闭症儿童才艺大赛，儿子的钢琴表演获得了二等奖。

如今儿子的状态越来越好，虽然行为还比较刻板，有时还会自言自语，但已经能理解他人说话的意思，能和他人一问一答地交流。

这些年她告诉自己，不管何时一定要坚强，乐观，多微笑，因为她的一举一动，一颦一笑直接影响着儿子。她希望儿子的心灵是健康的。

三十八岁那年她再婚了，丈夫比她小两岁，事业很一般，但人很好，主要是能接受她带着一个自闭症的儿子。婚后第二年女儿出生了，健康，活泼，漂亮。其实，苦难就是化了妆的祝福，它的背后不是满目疮痍，而是精致的希望。

所有的果实，
都曾是鲜花

一根必须后天努力的木头

他是一名演员，有着极其帅气的外表，明明可以靠脸吃饭，但他靠的更是实力。就像他自己所说："我是一根必须后天努力的木头。"

他的确是很努力、很敬业的演员，就连受伤了也舍不得休息。一次，他拍《龙票》那部戏，去剧组时要经过一个沙漠，他没有叫司机而是选择了自己开车，因为他觉得在沙漠里开车是令人兴奋的事，很有挑战性。一开始他还沉浸在沙漠里开车的愉悦中，可开着开着，突然到了一个下坡处，正好坡下面还有个大坑，他想打方向盘躲过大坑，结果那车刹不住了，侧滑了五十来米，然后直接翻到了沙漠里。他受伤了，而且是颈椎骨折。他去附近的诊所看医生时医生建议他去县城的大医院打一个石膏，并且至少是固定住三个月不能动，但他却想：所有剧组的工作人员已经跟他到了拍摄地，如果他停下来，这些工作人员就要休息两个多月，而且这两个多月可能没有工资拿、没有活干，要白白地在这儿等。

他对医生说："医生，你能不能给我想一个办法，让我既能拍戏又能养病。"医生说："没别的办法，现在这种情况你还想着拍戏，不要命了吗？"他说："我真的不忍心让大家等我，你就让我去吧。"医生说："那你自己做决定吧。"

第二辑
一根必须后天努力的木头

　　他的决定还是去拍戏。医生告诉他一定要带颈托，但等了一周颈托也没有到。他不想再耽误时间了，于是他就揪着自己的衣领固定住不让脖子动，然后坐了半个小时的过山车进到沙漠里边，一拍就是一个月，脖子疼痛厉害时，为了不耽误拍戏他就吃止疼药。剧组的人看他难受的样子，多次劝他休息，但他依然坚持，不管有多痛，一到他上镜时就精神饱满了。

　　还有一次拍《网虫日记》那部戏时，晚上很晚才收工，他带着一身疲惫开车回家，过红绿灯的时候，意外发生了。一辆装满沙子的大卡车，撞到了他的车，他的车被弹到一辆吉普车上然后又被弹了回来。他当时只感觉眼前一闪，后来在车里边就什么事都不知道了。半个小时之后，有人敲他的车窗把他叫醒，他这才感觉自己的下巴疼得要命，用手一摸都是血。他没有麻烦任何人，而是自己打车去医院找外科大夫。值班的外科大夫很年轻，没有多少经验。这名外科大夫用了很粗的针，大概一共缝了六针，其实这种伤至少要缝十多针。伤势好后，他一直觉得自己的下巴怪怪的，老是鼓出来一块，还特别痒。四年之后，他去医院检查，医生从他下巴里取出来半个小指甲盖那么大的玻璃。

　　又有一次拍《白发魔女》时他从威亚上掉下来了。那是他第一场打戏，他要吊着威亚从桥的这边飞起来跳到桥的中间，然后落到一个人的肩膀上再起来落到桥对岸。这个动作太难了，连特技师都不容易做这个动作，拍了一次又一次，直到拍到第三十二次时导演说可以了，可这时他却说："导演，咱们再来一次吧。"可意外发生了，这一次他从威亚上直接掉下来了。粉碎性骨折，要休息三到五个月。当时他脚上打了六颗钢钉、四颗螺丝钉、两根大钢针。

　　大概过了一个多月他就有点坐不住，躺不住了。他和经纪人商量说："咱们可不可以去拍戏？"他的经纪人说："不行，身体要紧！"他说："我觉得我应该可以。"医生说他可以出去，但是脚一定要高于心脏，低于心脏的话这只脚会充血，会肿，不利于恢复。于是他就一直跷着脚被推车推

所有的果实，都曾是鲜花

进剧组了。结果第四十三天武术导演问他说："我们有一个镜头必须要吊威亚，你还行吗？你要不行可以说不行。"他犹豫了一下，因为他当时还是有点害怕的。他跟导演说："行，但是别再把我掉下来了。"

在脚没完全康复的情况下他又上了威亚。上一次威亚事故给他造成的心里阴影还未挥去。他在威亚上吓出一身冷汗，紧张得快尿裤子了。还好，拍了三条就过了。把他放下来的时候，导演问他："怎么样，你没事儿吧？"他却故作镇定地说："没事儿。"

在拍《神雕侠侣》那部戏时，他饰演杨过的角色。那会儿正好是寒冬腊月，他几乎每天都要下冷水，有时需要光着上半身跳到水里演武打戏，但他却从来没有退缩过。

他就是演员黄晓明。黄晓明说过这样一段话："做一个努力的人是我的选择，我觉得我不聪明，我没有别的方式成功，我不像周迅、孙红雷、黄渤等都是天生有演技的人。我唯一能够让大家喜欢我的方式就是通过我的努力，通过我的'不要命'来塑造更好的角色。因为我是一根木头，我是一个后天必须要努力的人。"

第二辑
一根必须后天努力的木头

假如命运亏待了你

　　与同学颖虽在一个城市生活,但一年却见不上几面。前些日子去上街,正好路过颖的店面,就坐下寒暄了一会。这次偶遇让我吃惊的是,原以为满脸沧桑的颖却很精神,脸上一点看不出一点岁月的痕迹。我说,你现在的状态特别好,可显年轻呢!颖说,唉,啥事都往开了想呗,要不怎么办?日子还得过啊!

　　我很欣慰也很佩服颖想开了,因为她原本生活得并不是很幸福。颖的爱人军是一个不够成熟的男人,做事情没有一个定性,总是这山望着那山高,而且喜欢投机取巧的事情。军曾在一家工厂里做过焊工,当时工资还不算低,但工作不到一年,就嫌三班倒的工作太累,多次在上夜班期间旷工,和几个牌友去打牌,车间主任多次警告无效,最后军被开除了。

　　军失业了,家里失去了一大笔经济来源。生活的重担一下压在了颖身上。颖那段时间心情极度抑郁,她觉得自己是个很不幸的女人。军闲散了一段时间,没有找到太合适的工作。颖说,你毕竟有电焊的手艺,干脆自己弄个门面吧。不久后,门面开起来了,开始没有多少生意,但慢慢地,生意逐渐好起来,最好的时候,还雇了个小工。就在颖以为好生活已经来临时,不幸又发生了。

所有的果实，都曾是鲜花

军的门面租的是违章建筑，属于私搭乱建，两年后城市中开始清理这些违建房屋，军的门面就这样黄了。一时租不到合适的店面，军闲下来了。颖当时在一家服装店当售货员比较忙，就让军自己多出去转转店面。军的确出去转了，但没有找到合适的。

天无绝人之路，后来有一家门面的老板因离开这个城市想转让，就这样军的店面又开起来了，而且这次的生意非常好。由于军的店生意比较忙，颖就辞了服装店的工作，帮助军一起经营店面。他们的日子渐渐好起来了，每月的收入可比他们上班时多很多。

后来，他们决定要二胎，颖经历了十月怀胎，孩子出生了，本来是件高兴的事，可却被医生告知，孩子患有先天性心脏病，而且很严重，手术意义不大。就这样他们的第二个孩子夭折了，而且是个男孩。颖那段时间以泪洗面，她后悔自己的侥幸心理没有按时去产检，她心痛孩子刚刚来到这个世界却又永久地离开了，也许只有做了妈妈的人能理解颖的那份痛苦。

用了一年的时间颖从丧子之痛中恢复过来，她和军继续经营着店面，还好他们的收入依然不错。也许是命运在故意捉弄人，这一年军又出事了。一天晚上，军去卫生间的时候摔了个跟头，昏了过去。颖赶紧叫救护车，到医院后，经检查军是高血压导致的急性脑瘀血，目前昏迷状态，如果二十四小时内能醒还好，如果醒不了，就有成为植物人的可能。时间一分一秒过去了，二十四小时后，军没有醒过来。在医院住了一个月后，军依然没有醒过来，大夫建议回家去养，并嘱咐每天给病人做按摩，多和病人说话，以后也有醒过来的可能。

这次住院几乎花光了他们所有的积蓄，军不能工作了，军的门面也开不下去了。可过日子得需要钱啊，无奈颖出兑了店面。日子还需要继续，颖承担起了养家的任务，她自己盘下一个小服装店，白天她忙服装店的生意，军由婆婆照顾，晚上颖下班后给军做按摩，给军讲过去的事情。夜里，颖多少次在泪水中入睡，可白天作为一个店老板，需要以良好的精神状态对顾客笑脸相迎，作为一个母亲，需要给孩子做乐观的榜样，如果自己倒下，孩子怎么办，生意怎么办？

后来为了孩子，为了家人，为了生意，颖振作了起来。有时间就带孩子爬爬山，因为她希望孩子能健康地成长；每天晚上都会和军聊天，因为她希望有朝一日军能醒过来；偶尔她也会参加同学聚会，因为做生意嘛，人脉很重要，把自己封闭起来不是什么好办法。记得颖说过："遇到事了，不吃不喝，流眼泪解决不了什么，只有吃饱了身体才能好，这样才能更好地照顾家人和孩子，才能更好地工作。只有坚强了，才能有与命运斗争的力气。"

我们无法选择命运，我们唯一可以选择的是，当命运露出狰狞的一面时，坦然无畏地生活下去，勇于与命运抗衡，也许有一天你会发现，你会有另一种收获。

命运亏待了你，你不能再亏待自己。

所有的果实，
都曾是鲜花

不向命运妥协的人

石头一家兄妹三人，石头排老大，下面有弟弟和妹妹。石头爸是他们村的村主任，石头妈就是一名种地的农家女人。

石头妈近段时间总是咳嗽。开始以为是感冒，以为挺挺就过去了，没太当回事，该下地干活就下地干活。可一个来月左右还没见好时，就让石头爸在村诊所买了一些止咳的药。吃了一段时间，没什么效果。石头爸就劝石头妈让她到镇上卫生院拍个片子。石头妈一是怕花钱，二是此时正是农忙时节，不想耽误，就说，等等再看吧，说不定过几天就好了。

农忙时节过了，石头妈的咳嗽还没好，而且还有加重的趋势。这回，石头爸、石头和弟弟妹妹都劝她赶紧去看看。石头妈随石头爸一起到镇卫生院看医生，胸片结果出来了，大夫说有个阴影，让到大医院再好好看看。

石头爸有一种不好的预感，直接带石头妈到了市医院，经检查诊断为肺癌晚期。石头妈坚决不住院，说住院也是浪费钱，癌症没法治。

回到家后，石头爸总是坐在院子里抽闷烟。想想这些年来石头妈没享过什么福，没多久就要离开这个世界，心里很不是滋味。又想到要是老伴走了，这日子可怎么过，家里有很多田地，三个孩子还尚未成年，都在上学……

第二辑
一根必须后天努力的木头

三个孩子知道了妈妈的病情后，也总是偷偷地抹眼泪。三个月后，石头妈病情加重永久地离开了这个家，家庭的重担全都压在石头爸身上。这一年石头在上高中，弟弟和妹妹一个读初三，一个读初一。石头突然提出辍学，想在家里帮助爸爸。石头爸是坚决不同意的。作为村主任的石头爸，有一些文化，他是很重视几个孩子的学习的。石头爸说："再苦再难也得让你们上学。"但石头决心已下，说："我学习成绩一般，考不上什么好的大学，接着上也是白搭钱，还不如在家帮爸种地，供弟妹读书。"

石头爸眼角泛着泪花对弟弟和妹妹说："唉，苦了你大哥了，你们俩要好好读书，将来有出息了，千万不能忘了你大哥。"就这样，石头像大人一样侍弄田地，将家料理得井井有条。为了增加家里的收入，除了种地，石头还和爸爸商量养桑蚕，因为蚕茧的价格很高。桑蚕养起来了，有时石头爸忙村子里的事时，就由石头一个人忙着采桑叶，喂蚕宝宝。功夫不负有心人，那一年蚕茧的收成不错，卖了钱后石头在镇上给石头爸，弟弟和妹妹一人买了一套衣服，石头爸问："老大，你为什么自己不买啊？"石头说："弟弟妹妹上学，穿得太破会遭同学笑话；爸是村主任总去镇里开会，不能穿得破破烂烂，我在家种地用不着穿好的。"

几年后，弟弟和妹妹，没有辜负石头爸和石头的期望，相继考上了大学。每个假期，他们在一起叽叽喳喳叙谈校园琐事的时候，石头就默默做着活计，有泪在眸中闪。

石头爸第一次违背他的人生准则，动用村主任的权限，托关系让石头做了一名代课教师。石头教学很认真，虽然不是科班出身，但因踏踏实实，善于钻研，他的课总是被评为优质课。

后来石头买了自考书，悄悄充实着自己。白天学校上课，晚上挑灯学习自考课程。刚开始学起来比较吃力，因为毕竟当时高中没有毕业，现在完全自己学习大专的课程困难重重。单位的同事劝他报个函授班，石头考虑函授的学费贵仍旧决定自己学。幸运的是学校两个正规师范院校毕业的

所有的果实，都曾是鲜花

老师，刚刚分配到这不久，石头不懂的内容常常请教他们。两位女老师看到石头的肯学劲儿很受感动，也很乐于教他。

石头用了五年时间终于拿下了自考大专文凭，而这一年正好赶上民办老师转正的政策，石头转正了，属于吃公家粮的人了，工资也比原来高了不少，这一年石头已经二十七岁了。

为了庆祝石头的转正，更为了感谢在自考的路上帮助石头的人，石头爸宴请石头的同事，席间，石头爸爸和石头说了很多感谢同事的话，其中一个同事说："我之所以愿意帮石头是因为他是个不向生活与命运妥协的人。知识储备少，可以学，可人的性格与生俱来却难以改变！"

第三辑

梅花一样的女孩

所有的果实，
都曾是鲜花

梅花一样的女孩

"我最喜欢的花便是梅花，白衣伫立，在它的花瓣上好似有<u>丝丝血痕</u>一般。在寒冷的雪夜中，它顽强地绽放着自己的花蕊，努力让自己的香味远播。它不畏冷风吹打，不畏雪花冰寒。风霜傲骨、不屈不挠，凌寒而立……"一个女孩儿靠坐在窗前的椅子上，看着窗外的一棵梅树说着。

作为她的朋友，我很心疼她，同时又非常的欣慰，至少她有着梅花一般的顽强性格，正是这样的顽强性格，使得她能够乐观地活下去。

这个喜欢梅花的女孩名叫安婧，正如她的名字一样，她喜欢安静的环境，不喜欢嬉闹。她常常一个人静静地躲在一个角落里，手上捧着一本书，没有任何言语，仿佛刻意让人遗忘她的存在。可能也因为这个，她从小到大只有我一个朋友。

我记得刚认识她的时候，那是在初中，我与她同在一个班级。当时她坐在我的后座，我便主动与她打招呼。她安静的性子让我有些惊讶，之所以惊讶，是因为我和她认识已经一个月多了，与她说了才仅仅不到十句话。不过，后来我才知道，她不是不爱说话，而是没有太多的力气说话。

安婧从小便患了一种怪病，身体的力量总像是不够使一样。有时候，并没有做什么大幅度动作，但安婧便已经开始大口喘气，看着都让人揪心。

第三辑
梅花一样的女孩

　　我问过她，听她说，她的父母曾带着她四处寻医问药，不过都没有什么结果。即便是这样，她的功课也从来没有落下，一直稳居年级前三名。我头一次这样佩服一个人，这个人就是安婧。

　　那时候的医疗条件并没有现在这样发达，有些疾病根本就确诊不了。在我们上初三的那一年，安婧还是倒下了。当时，她的鼻子流血不止，把我和同学们都吓坏了，120救护车赶到的时候，安婧已经失去了意识。当我看到安婧被抬走的那一刻，不由得心疼起来。地上的那一滴滴血迹，仿佛是新绽放的梅花，红得让人心痛。

　　没想到，安婧这一抬走，便再也没有回到她热衷的校园。

　　安婧被转到省城的一家综合型医院治疗，经过专家的开会研究，最终确诊安婧患上了一种恶性疾病——慢性白血病。

　　当听到这个消息的那一刻，我惊呆了，虽然并不清楚这个白血病到底是怎样的疾病，但安婧的怪病终于有了答案，而且我了解到这个病是个非常严重的病。知道这个疾病的人应该很清楚它的可怕，在骨髓及其他造血组织中，白血病细胞无限制地增生，并进入外周血液。就像是有敌人占领了你的地盘一样，将你毫不留情地打败。

　　周末放假，我跑到医院去看她，但也只能隔着玻璃窗探望。惨白的小脸加上她单薄的身体，更显得她脆弱无力。她看见我来了，眼神中充满了喜悦之情，她努力用力咧着嘴，冲着我微笑，仿佛用尽了全身力气，我当时忍不住流下了眼泪，痛恨自己的无能为力。她比画着手势，摇了摇头，依然微笑着看着我，我知道她是在安慰我，告诉我她很好、没事，但我怎么也控制不住自己心痛的情绪。

　　这种疾病，短期之内只能靠输血维持。而这种维持，持续了很长时间。她积极配合着医生的治疗，忍受着疾病以及精神的折磨。在她维持控制病情期间，她一如往常那样，手捧着书，认真仔细地阅读。我记得她说过，文字是她最爱的，因为文字能够给她带来满足感和充实感。我突然想到"书

所有的果实，都曾是鲜花

中自有颜如玉，书中自有黄金屋"的名句了，这句话用在她的身上真是再合适不过了。

不过，与往常不同的是，她住院期间看得最多的是有关于梅花的书籍，无论是诗集还是文章，只要与梅花相关，安婧都会拿来阅读。我一直不明白她为什么如此痴迷于梅花，直到有一天我去看她的时候，才真正明白。

那天我去看她，走进病房时，她正在坐在窗前，不知道想着什么事出神儿。顺着她的目光，我望了过去，发现医院院中不远处有一棵梅树，已经开花，虽然有雪花的洗礼，但依然掩盖不住它的美丽。正在我赏梅时，安婧叫住了我。

"你看，院中的那棵梅树，是不是很美？"

"美，真的很美。"

"你看它，像不像一个人？"

"像一个人？像谁啊？"安婧这一问，真是把我问住了，我从来没有想过这个问题，一棵梅树居然会像一个人。

"像我。"安婧坚定地看向了我，让我一瞬间失了神。

回到家后，我回想起与她对话的情景，陷入了沉思。猛地抬头，我明白了，她是在暗喻自己，她希望自己能像梅花一样，一样的坚强，不畏恐惧，抵抗病魔。

十年后，她微笑着走上一所大学的演讲台，平静地诉说着自己曾经的经历，台下的学生也在认真地听。

"我爱梅花，因为我就是一枝梅，傲立在风雪之中，不曾倒下，因为我期待风雪过后的那一缕阳光。"

如今的她，战胜了病魔，重获新生。她从事了自己喜欢的工作，做了一名笔者。在她的笔下，朵朵梅花绽放了自己的光彩，她也谱写了属于自己的人生。

第三辑
梅花一样的女孩

半路"出家"的奇迹

这年头，什么人最不容易？答案无疑是做父母的人。这句话，只有做了父母的人才能深刻地体会到。孩子的抚养和教育问题，是每位家长最为头疼的问题。从孩子降生的那一刻开始，身为父母的他们便要为孩子的一切做起打算，真可谓是操碎了心。

身为父亲的徐克也不例外。他的儿子从小就酷爱看日本动漫，对于日本动漫的喜爱可以说是达到了一种痴迷的程度。因为儿子高度沉迷于日本动漫的虚幻世界当中，渐渐地荒废了学业，成绩一落千丈。老师曾一度找到徐克，让他回家好好管管孩子，这让徐克很头疼。

他不明白儿子为什么对日本动漫如此痴迷，中国难道就没有好看的动画片吗？徐克决定上网查找一下日本动漫，大概地浏览了一遍，又对比了中国的动画片，他渐渐地发现，中国的动画市场并不景气。很多中国孩子都喜欢看来自于日本的动画片，也就是动漫，是因为日本的动漫人物性格鲜明，设计的动漫形象确实很生动好看，画工精致，内容也偏向成熟。相比之下，它们确实有诸多可取之处。

但是中国动画并不是一无是处，也有诸多的优点，或许是因为日本动漫已经深入孩子们的内心，所以这让中国的动画处于劣势地位。看到这里，

所有的果实，
都曾是鲜花

徐克陷入了一阵沉思。他突然有了一个大胆的甚至是有些荒唐的想法，那就是转行改做 3D 动画电影。

徐克是学金融出身的，现在的工作令许多人羡慕。但是为了拯救高度沉迷于日本动漫的儿子和为了开发中国人自己的动画电影，他毅然决然地放弃了复兴集团投行部总经理的职位，转行做起了动画电影。在他辞职后，便准备开始自己的转行之路。这一消息令他的朋友、亲戚等人大跌眼镜，他们怎么都想不到徐克竟然会做出如此荒唐的行为。很多人不理解他的做法，甚至有人说他疯了，居然傻到放弃令人羡慕的金融业，半路出家到一个一无所知的动漫行业。

然而，徐克就是这样，说到做到，并没有因为外界的质疑声而动摇自己的想法，虽然他的这个举动确实让人捉摸不透。就在这片质疑声中，他成立了自己的动漫公司—河马动画设计股份有限公司。

学金融出身的徐克对于动漫业来说，无疑是一个门外汉。他对于这一行根本一无所知，甚至不知道该从哪里入手。选择从事这一行便已经注定了他创业之路会充满崎岖和坎坷。

河马动画设计公司刚开始运作的时候，根本没有什么战略方向，更是缺少资金和专业型人才。公司最初只能做一些手机上的四格漫画，之后就是帮一些网站的页面做一些小动画或是做一些小外包之类的服务来勉强支撑公司的运作。就算是这样，也没能逃脱濒临破产的边缘。徐克为了不让公司破产，他卖车、炒股、四处借钱，才勉强度过。

面对如此悲惨的景象，徐克有些气馁，他没想到自己当初的决定换来的是这样惨痛的结果。他无所适从，曾几次动摇了自己的想法，徘徊在继续与不继续的艰难抉择当中。尽管如此，他依然认为自己当初的直觉是对的，他相信 3D 动画电影产业有市场前景，尤其是在中国这个还没有真正意义上的 3D 动漫产业的国度。经过几番思想斗争，加上深思熟虑，他最终选择了坚持自己的想法。或许这跟他的性格有一定关系，他看好的东西，

就会不顾一切地想各种办法去实现它。

　　他觉得做动漫这行需要非常高的创新意识，所以他摒弃了过去选择用人的标准，开始广布网罗人才。因此，在他的团队里，有很多奇人异士。其中还有一个外科大夫，因为与他们拥有共同的爱好，所以成了河马动画中的一员。很难想象，一个原来拿手术刀的医生，现在居然在河马动画的实验室里设计机器人的模型。

　　他通过广布网罗人才的方式，吸引了很多有能力的人加入河马动画这个团队。在公司里，游戏军团里的一半高管都被他从虚拟世界调到公司做了现实的高管。他很智慧地指挥了全局，让河马动画转危为安。

　　正是靠着这些有想法、有活力、富有创造力的年轻人们集思广益、通力合作才使得中国 3D 技术和公司的产品走出了一条全新的道路。

　　终于，一部名为《超蛙战士》的 3D 动画片在好莱坞杜比剧院举行了北美首映典礼，这是徐克和他的团队用了六年的时间呕心沥血设计出来的，总耗资五千万人民币。这也是中国第一部有资格在北美市场放映的动漫电影，徐克做到了。

　　当徐克站在首映礼的主席台上时，台下掌声阵阵，他脸上终于露出了久违的笑容。或许只有自己清楚，在实现自己的梦想和中国动漫梦想的时候，他付出了多少努力。这个电影除了让他获得成就和荣誉，更多的是对自己的肯定。因为徐克向世人证明，自己半路"出家"也可以创造奇迹。

所有的果实，
都曾是鲜花

"银花"与吴老

1992年12月24日，吴老在陕西省闻喜县涑阳村的家中病逝，享年八十三岁。在吴老病重期间，他一刻不忘叮嘱自己的亲人："人活着就要穿衣吃饭，不能光顾眼前挣钱，得种好棉花哩！"

在他弥留之际，吴老还是不忘嘱咐着小女儿，让她把地翻好，上足肥料，这样到了明年开春的时候就能够种好棉花了。临终的嘱托依然是棉花，因为他把自己的一生都奉献给了棉花事业。

这就是为中国棉花事业做出了重大贡献的农民科学家、全国劳模，同时也是勤劳朴实的农民吴老——吴吉昌。谈起吴老与棉花的不解之缘，这还要从五十年前说起……

20世纪五六十年代，国家初立不久，百废待兴，国家各种资源短缺物质匮乏，粮食、棉花等人民生活的基础资源成为国家重点也是首要解决的难题。

1966年初，周恩来总理派人将几十位种植棉花的劳模请到中南海会议室座谈，希望能够解决棉花低产的问题。任务艰巨，临走前，周总理忍不住上前握住了吴吉昌的手说："老吴同志，我把解决棉花落桃的任务交给你了，你把它担起来。"他看着周总理热切的目光，忽然觉得从心头涌出一腔热血，他紧紧握住周总理的手，响亮干脆地回答："行，您放心。"

吴吉昌可能自己也没有想到，他会因为周总理的一句话，为了棉花倾尽自己的一生。

回到了家乡，吴吉昌一刻不敢松懈，马上投入到了解决"棉花落桃"问题的实际工作当中。他日夜守候在棉花地里，潜心研究着棉花苗的生长规律和变化。也因此，他经常为了研究棉花而废寝忘食。即便是吃饭，也要蹲在棉花地里吃。连睡觉也都在棉花地里，一步都不肯移开。他曾经连续七十八天没有回过一趟家，只因为当初周总理的那句嘱托和那热切的目光。

转眼便到了"文革"时期，那个时候人们的思想偏激，加上一些别有用心的人借着"技术第一"的"修正主义"路线由头，将吴吉昌拉去批斗，他惨遭迫害。在这期间，即便他的生命随时都有可能终结，可他依然心心念念着棉花，想着周总理交给他的任务，在他生命垂危时，他说："我不怕死，但我还不能死，我还没有完成周总理交给我的任务，棉花还没种好！"

或许是天见犹怜，吴吉昌凭着自己顽强的意志，最终从"文革"时代中挺了过来，并重新振作起来，继续钻研他的棉花种植技术。

吴吉昌是一个地道的农民出身，没有上过一天学。但就是这样一位没有多少文化的农民，愣是将棉花种植技术研发出来。他的老家涑阳一带，种植棉花根本种不活，这与当地的土壤质和采光条件等客观因素有关。但就这样种不活棉花的地方，吴吉昌硬是种出了棉花，这令村里所有人都为之惊讶。

通过总结自己种植棉花的经验和心得，他先后成功钻研出"一株双秆""手捏蹲苗""冷床育苗"等十四项种植棉花的技术，并使技术得到普及。各种技术研究的成功，让吴吉昌对研究棉花的高产技术更加有信心。他鼓足了劲头儿，干劲十足。

不过，这个科学研究确实有一定的难度，吴吉昌在实验当中常常失败，

所有的果实，都曾是鲜花

但是他并不气馁，赶紧从失败的研究中寻找经验，以便于进行下次实验。

终于功夫不负有心人，吴吉昌不负众望，他做到了。在解决棉花脱蕾落桃的问题上，他经过反复的实验，最终有了结果。这一结果成功提高了棉花的产量。

他完成了周总理交给他的任务，没有令周总理失望。当然，这并不意味着他工作研究的结束。在成功研究出棉花高产的种植技术后，吴吉昌继续投入到棉花种植的研究工作中，他认为技术是要不断更新的，这样才会有进步，棉花的产量才能有质的飞跃。

除了研究棉花种植技术，吴吉昌还经常到各地去传授自己的技术研究成果，做到"家家户户"植棉增产。

吴吉昌辛辛苦苦一辈子，不仅仅是为了当初周总理对他的那份嘱托，更多的是为了全中国亿万人民的幸福生活。有了棉花，人民就不用挨冷受冻。"衣、食"作为人民最基础的生活需求，如今都已经得到解决。吴吉昌没有白白付出，虽然很多人记不住他的名字，但是心里却会时刻感激他为此做出的贡献。

时代在进步，人民的生活水平也已经发生了巨大改变。棉花虽然不再是种植的主要方向了，但它依然是人民所需要的物质基础。就在吴吉昌逝世前的那一刻，不忘的还是棉花的种植。因为他知道，无论时代如何变化，棉花终究还是人民需求的资源。

虽然吴老已经去世多年，但他给后世留下了最宝贵的财富。他留下的不仅仅是棉花的种植技术，还有吴老对于科学研究不懈追求的精神以及对于忠诚的一种诠释。

吴吉昌，一位令人敬佩的农民科学家。

第三辑
梅花一样的女孩

来自大山里的歌声

阿强家是农村的，他还有一个妹妹，因为爸爸的身体不好，家里的经济条件也一直不宽裕。他高中毕业后就随同村的人一起去了建筑工地，工地虽然累、苦，可是挣得多点，他想减轻爸妈负担，想让妹妹以后能考上大学。

夏天的太阳炙烤着大地，地面温度特别高，阿强来自农村，家里因为爸爸身体不好，从小作为家里的男子汉，阿强很多农活都干，才让他在这样闷热的天气依然充满活力，身上的衣服一直没干过，水喝了一杯又一杯，也没见凉快一点。作为一个小工，阿强奔波在大工之间，给他们送砖送灰，给他们送水，送毛巾。因为阿强勤劳不怕吃苦，所以大家都很喜欢他。他呢，没事还给他们吼几嗓子，唱唱歌给他们打气。这个干活唱歌的习惯，是小时候养成的，那时家里养牛，有时自己一个人去上山放牛时，又害怕又孤单，所以就唱歌给自己壮胆，歌声在山谷中回荡，悠扬动听。工友们也习惯了他的歌声，有时一天没听到还要特意点上一首。

工地上不加班时，大家没事有的打打牌，阿强不喜欢打牌，没事就戴着耳机学学歌，有时灵感来时，也会自己写写歌词。不过对于没有经过专业训练的他来说，写歌很难，阿强也不在意，万事开头难，还好，现在有

所有的果实，都曾是鲜花

了万能的网络，很多东西都不用花钱的。阿强经常根据别人的曲子，自己重新改过歌词，每次改后首先唱给工友听，大多时候工友都夸改过后的歌更加好听。

  时间在飞逝，炎热的夏天终于过去了，阿强的同学们有的去上了大学，还有的去复读准备再战一年，可是阿强只能留在工地，因为他还有自己的责任要承担，他想多挣点钱，想让爸爸能有钱治病好起来，想让妈妈不用再为钱发愁，想让妹妹即使第一年没考上，也还能有钱复读一年。可是看了村里那些打工多年的，挣的也不过刚够用而已，如果碰上事故，整个就完了，旁边工地的小吴，因为没有带安全帽，被高空掉下来的钢管击中头部，一个月了还没醒，以后还不知道怎么样。漫漫的长夜，阿强常常在想自己的出路到底在哪里。那段时间的歌声也很苦闷。

  一天晚上睡不着，正在上网的阿强突然看到有人在朋友圈分享自己唱的歌，还有这样的软件，很快阿强问了那人怎么下载，怎么用的，那晚阿强兴奋得无法入睡，他想马上录一首自己的歌，于是跑到工友听不到的地方开始唱了起来，那时都已经十一月底了，天上没有月亮，只有几颗星星，寒冷的风也没有冷却阿强那颗火热的心。那天他唱了一首又一首，把自己的手机都唱没电了。第二天早上阿强兴奋地去查看是否有人听过他的歌，可是结果让人失望，没有。不过阿强没有气馁，每天都坚持最少在上面唱一首，有时直接把自己工地干活的歌也上传上去。并且自己坚持写歌，常常别的工友睡了，他还在从网上下载资料进行学习。唱歌软件上慢慢也有人夸他唱得好，不过也有说他唱得一般，不管他们的评价是好是坏，都只会鼓舞阿强唱得更好。

  因为在唱歌软件上结识了很多爱好唱歌的朋友，他们有的建议阿强可以去酒吧唱歌试试机会，能锻炼自己，还能挣到钱。阿强也觉得不错，有一天工地没活时，阿强壮着胆子去市里的酒吧。敲开第一家酒吧，里面的人上下打量阿强一番拒绝了，阿强又接着敲了下一家，还是被打量一番后

第三辑
梅花一样的女孩

拒绝了，第三次敲开一家时，是一位五十多岁的阿姨，也是被打量一番拒绝了，阿强鼓起勇气问道："大姐，您都没听我唱歌，怎么就给我否定了呢？"也许是这句"大姐"叫的那位阿姨很开心，阿姨说"小伙子，我直接跟你说，我们酒吧的驻唱歌手除了唱歌要好，还需要有好的形象，你长的还可以，但是你的发型还有衣服都太土了。"

过了几个小时后，阿强再次敲开那位阿姨的酒吧，"大姐，你看我这个造型如何？"说完，还抛了一个媚眼，"哇"阿姨吃惊得张大了嘴，"去试唱吧。"站在舞台上，虽然下面没有几个观众，可是阿强还是很紧张，当伴奏响起，阿强仿佛看到了家乡那起伏不断的大山，慢慢唱着就忘记周围的一切，他就是那个在大山里唱歌的孩子。一首歌唱完，阿姨点头，愿意先给阿强每周一晚的机会。他又去了其他几家酒店，一共争取到了一周四天的唱歌机会。

就这样阿强白天在工地上班，晚上去酒吧唱歌，冬去春来，阿强在酒吧的名气越来越大，收入也增加不少，不唱歌的时候阿强一直努力自学，他想等挣钱把爸爸的身体治好后，自己可以留点钱去学习。未来的路还很长，阿强在一步步努力实现自己的理想，他想让自己在大山里的歌声传到更远的地方。

所有的果实，
都曾是鲜花

从"便利店"里出来的著名演员

有一个韩国的男孩子，很渴望考上大学。但是在第一次高考的时候，他因为发挥失常，不幸落榜。但他并没有因此放弃，而是鼓起勇气重新复读，准备"二战"高考。

可是上天似乎要跟他开玩笑一样，他越想追求什么，就越是追求不到。可想而知，他再次不幸落榜，与大学擦肩而过。

万念俱灰的他，对自己的未来充满了迷茫，他不知道自己除了上大学以外，还能够做什么。他很沮丧，他的朋友们纷纷劝他，并鼓励他。其中有一个朋友开玩笑说他长了一张明星脸，可以去演艺圈试试。

朋友的话让他眼前一亮，并不是因为那句"他长了一张明星脸"，而是因为他想起了自己最初的梦想。他记得自己小时候就梦想着将来有一天可以成为一名电影导演。可是自己真的行吗？他不敢肯定自己的能力，有些胆怯，所以并没有认真地想过这个问题。尽管在他高考落榜以后曾有很多人建议他去演艺圈试一试，可他总是以各种理由和借口回避。

或许，他是注定要走进演艺圈道路的人。所以，当他尝试做其他事情都失败以后，他开始认真思考了这个问题。

"既然没有什么事情可以做，我为什么不去试一下呢？实在不行，再

第三辑
梅花一样的女孩

换一个工作。"想到这里，他决定试一试。

他通过自己的努力和准备，成功应聘进入一家电影公司。因为他应聘的是演员，所以他对老板说："我想当个电影演员。"老板看了看这个年轻人说："你真的了解电影这个行业吗？"他哑口无言，因为他确实不了解。

"既然想要进入这个行业，那么你就要先弄清楚电影行业是个怎样的世界才行，这样吧，你先从幕后做起。"老板看了看有些紧张的他说道。

于是，他开始做起了幕后，先后就职于企划室、演出部、制作部等部门。在工作的过程中，他渐渐地对电影有了更深入的了解。可是，这幕后的工作他一做就是两年。

两年后，他觉得自己对电影行业了解得已经足够多了，他耐不住性子了，再次找到老板言明自己想要演戏的想法，哪怕是跑龙套也愿意。然而，老板并没有答应他的请求，认为他根本不懂得表演。

其实，他心里明白，这是老板用借口敷衍自己。这个演艺圈里的竞争实在是太激烈了，有很多人踏进这个行业几十年都未能演上一个角色，怎么可能轮得上他？他无奈地苦笑，因为他意识到，与其自己在这里无谓地空等下去，还不如报个演艺班学一学，至少可以提高自己的表演能力。恰巧自己有一个朋友认识演艺培训班的人，所以答应他留在班里旁听课程。

进入培训班以后，他成为班里学习最刻苦的那一个，常常练习表演到深夜。母亲看到儿子练习表演如此刻苦，人都瘦了一圈，非常心疼。而且也赚不到钱，劝他不如放弃。他安慰母亲，并编谎言哄骗母亲自己虽然辛苦，但是付出是值得的，因为已经开始有人联系他拍戏了，但他觉得自己还没有准备好，所以就婉言拒绝了。实际的情况当然是与谎言相反了，别的同学已经陆续接到演戏的合约，只有他一直无人问津。

人若是不走运，总是接二连三。没有演戏合约还不算，培训班也因为经营不善而倒闭，众人散去，仅剩他一人。即使是这样，他也毫不在意，一个人留在这个空荡荡的教室里反复地练习表演各种不同的角色，揣摩人

所有的果实，
都曾是鲜花

物心理。

有一天，他跟一个功夫很好的朋友练习武术，因为他觉得自己作为一名演员，应该具备多项技能，这样才能够适应所有角色。结果，在练习武术的过程中摔得鼻青脸肿，浑身多处淤青。教他功夫的朋友很不理解："朋友，你进入这行时间也不算短了，怎么连个小小的配角都没混上，为什么还这么拼命？"

他无所谓地笑了笑："既然当初选择了这条路，就要一直走下去，我不会后悔。我之所以这么卖命，是因为我要对自己选择的路负责。我没有什么背景，所以机会对于我还说真是很难得，我必须要准备好，就像是一家便利店一样，导演想要什么样的演员，只要我具备他想要的一切，还怕等不到机会吗？"

机会总是留给有准备的人，他终于等来了期待已久的机会。KBS 电视台正在选拔出演青春偶像剧的演员，他得到消息后，马上前去报名。因为之前他准备得非常充分，所以在试镜时，他出色的演技打动了面试的导演，最终他通过试镜被选为《爱的问候》的男主角。

或许大家已经猜出了这个韩国男孩的名字，没错，他就是亚洲最具人气的明星—裴勇俊。正因为他的不懈坚持和刻苦努力，才换来了今天如此成功的自己。

第三辑
梅花一样的女孩

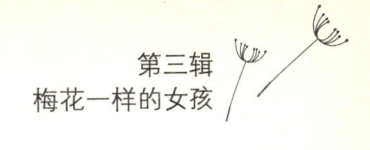

黑白琴键成就音乐梦

对于贫穷家的孩子来说，拥有一个音乐梦想或许是奢侈的。在过去的年代里，音乐被贴上了富贵的标签。能够追求音乐的孩子，似乎都要出生在富有而又高雅的家庭中。因为学习音乐需要很大一笔经费。

可是有一个小男孩儿却不信这个理，在他的心中一直有一个美好的愿望，那就是成为一名音乐家。然而，他出生在一个贫寒的家庭中，像他这种贫困的家庭是根本承担不起实现音乐愿望的费用的。仅仅是一架昂贵的钢琴，就足以让他望而止步了。

音乐梦与他的现实生活是格格不入的，或许他可以选择容易实现的目标作为自己的梦想。然而，小男孩儿并没有这样想过，也没有因为世俗的观念而放弃对音乐的喜欢与追求。他的执着与倔强，也让音乐梦与他紧密相连。

虽然他买不起琴行陈列的昂贵钢琴，但是这并不影响他用"钢琴"练习音乐。既然买不到，那就自己动手创造。想到这里，小男孩儿便马上着手制造"钢琴"。他找来了一块儿纸板，并用笔在这个纸板上按照钢琴的规格，画出了钢琴键盘，从而制作了他所谓的"钢琴"。钢琴有了，小男孩儿很激动，好像自己真的拥有了一架钢琴似的。他高兴地拿着自己制做

所有的果实，
都曾是鲜花

出来的钢琴，在这个黑白板键盘上练习贝多芬著名的曲目《命运交响曲》。

当然，这个纸板做的钢琴根本弹奏不出任何声音，小男孩儿也自然听不到钢琴发出的美妙曲调。但他依然非常用心地按照曲谱耐心地弹奏着，仿佛这个黑白板钢琴真的发出了悦耳动听的声音一样。

就这样，小男孩儿一直坚持着用这个黑白板制成的钢琴练习弹奏乐曲。尽管家人并不理解孩子的做法，但是也没有多说什么，只当做是孩子的一种天真的游戏。

用黑白板制成的钢琴已经让人很惊奇了，更令人不可思议的是，他居然在这样纸板做的键盘上勤奋练习曲子，直到自己的十指全都磨破。这究竟是怎样一股劲头儿，可以让他对音乐如此痴迷。

小男孩儿愣是通过这样练习音乐曲目，为自己的音乐之路奠定了扎实的基础。渐渐地，他开始尝试自己作曲，每天纸板键盘不离手，边按着纸板上的键子，边在嘴中哼着曲调。当自己谱写出第一首乐曲时，小男孩儿非常激动，欢呼雀跃起来，他赶忙与周围邻居家的孩子分享自己的创作成果。他创作出了一首又一首的曲子，慢慢地荣誉感与成就感将他包围。

慢慢地，有人听说了这个小男孩儿创作曲子，出于好奇前来看他。也因此，他的名声开始远播，小有名气。有很多人开始喜欢上了他的曲子，并且出钱购买。

经过小男孩儿的不懈努力与坚持，他凭借着自己卖曲子挣来的钱，终于如愿以偿地买回了一架真的钢琴。虽然这架钢琴破旧不堪，有些键子发不出声响，甚至跑调，但是小男孩儿却如获至宝，倍加珍惜。

他开始学着自己修整钢琴，将键子调音，他逐渐沉醉于自己的音乐世界里，不能自拔。他的父母并不理解孩子的这些做法，甚至觉得有些荒谬，觉得孩子有些不太正常。因为小男孩儿自从有了这架二手钢琴后，作曲的热情更是只增不减，甚至到了走火入魔的地步。不管是在吃饭、睡觉，抑或是做其他的什么事情，只要脑海中想到了新的曲调，有了灵感，他便马

第三辑
梅花一样的女孩

上飞奔到自己的二手钢琴前弹奏，并用笔记录下来。

  小男孩儿的坚持与执着，最终还是有收获的。那一年，他还不到二十岁，便已经开始在德国甚至是世界的乐坛上拥有了属于自己的舞台。他凭借着自己扎实的音乐基础和对音乐的热衷态度，成了好莱坞著名的电影音乐的创作人员，令认识他的人为之惊叹。

  相信大家都曾听过他谱写的曲子。《狮子王》这个动画电影大家肯定不会陌生，因为这部电影在放映后好评如潮，闻名于世。这部电影中最让人印象深刻的，除了故事的内容，还有这部电影的主题曲，这首曲子在第六十七届奥斯卡颁奖典礼上荣获了最佳音乐奖。这便是小男孩儿谱写出来的，这个小男孩儿就是自学成才的音乐大师汉斯·齐默尔。

  谁说音乐只是富人家的孩子才能拥有的梦想？汉斯·齐默尔用自己的实际行动打了世俗一个响亮的耳光。有梦就去追逐，何必在乎世俗的眼光。人生短短数十年，为何不让自己活得更洒脱一些呢？就像汉斯·齐默尔一样，坚持与执着地追寻着自己的音乐梦。

所有的果实，
都曾是鲜花

桥之梦

　　唐臣出生在书香门第。他的祖父曾经中过举人，办过官报，是镇江一带有名望的名士。不过，在唐臣出生不久后，全家人便迁居到了南京生活。

　　或许是因为家庭环境的影响，唐臣幼时就酷爱读书写字，尤其在知识的积累方面，曾是许多同龄孩子羡慕的对象，因为他有非常厉害的记忆能力。殊不知，这全是唐臣勤奋背诵出来的功劳。

　　唐臣自小好学上进，思维敏捷，对各种事物都持有好奇心理，所以善于独立思考。其实，这也为他实现梦想奠定了一定基础。

　　在离他家不远的地方有一条河，叫作秦淮河，也是唐臣喜欢读书背书的地方。在秦淮河的上面有一座桥，名叫文德桥。每年的端午节，这里都会举行赛龙舟比赛，河面上的每一艘龙舟都披红挂绿，船上岸上锣鼓喧天，十分热闹，家家户户都会前来围观比赛。为了能够看清赛况，很多人都会挤站在文德桥上。每年端午节还未到时，许多孩子就已经渴望着看龙舟比赛了，唐臣也不例外。

　　然而在唐臣十岁的时候，这一年的端午节他心心念念的龙舟比赛却没能看成。原来，唐臣本准备与其他邻居家的小伙伴约好一起去看赛龙舟，但是腹部突然疼痛起来，卧倒在床上，所以在其他小伙伴都高兴地赶去看龙舟比赛时,唐臣只能一人躺在床上望眼欲穿。

暮色降临,唐臣的疼痛缓解了许多,可惜龙舟比赛也已经结束,他望着窗外,期待着小伙伴回来将龙舟比赛的情景讲给他听,可是等来的却是令他心痛的消息。

秦淮河出事了。由于看热闹的人数众多,文德桥上挤满了围观的群众,桥承受不住如此大的重量,加上年久未修,最终被压塌,很多人都掉进了河里,砸死了、淹死了不少人。听小伙伴描述了当时的情形后,唐臣的心揪了起来,非常难过。他脑海中,如情景再现一般,想象着当时恐怖的情形。

大病初愈,唐臣一个人跑到了秦淮河边,望着不远处的断桥愣神儿,一言不发。他没有想过这座每日都要走上好几个来回地文德桥有一天会垮塌。那一天,唐臣站了许久才离开。他的心中已经形成了一个梦想——建造一座永不垮塌之桥。

或许是文德桥垮塌事件带给他很大的心理冲击,这件事在唐臣心里久久不能释怀。从那以后,唐臣只要看到桥,不管桥的大小,不管桥的形状是什么样,他都会站在桥旁,或是站在桥上一看究竟。

上学读书后,唐臣接触了更多有关于桥的文章或是事例。他总是将这些与桥相关的段落或是句子摘抄下来,图片剪贴在本子上。日积月累,日子久了,他积攒了很多厚厚的本子,并且时不时地拿出来翻看、研究。

长大后的唐臣通过自己的努力,终于如愿以偿地考上了唐山交通大学(今西南交通大学),并带着自己的梦想公费远赴美国康奈尔大学就读桥梁专业并取得硕士学位。因为唐臣学习成绩优异,他之后又获得了美国卡内基·梅隆大学工学院的博士学位。在此期间,他时刻不忘初衷,潜心研究桥梁建造。他的博士论文《桥梁桁架的次应力》的科学创见被肯定,被称为"茅氏定律"。

唐臣毕业后,带着荣誉和研究回到了祖国,经过多年的学习和专业积累,他主持建造了第一座现代钢铁大桥——钱塘江大桥。他采用了"射水

所有的果实，
都曾是鲜花

法""沉箱法""浮远法"等方法，解决了建桥过程中的一个又一个技术性难题。这是第一座中国人自己设计并建造出来的桥，成了中国桥梁工程史上的一座不朽的丰碑。

从此以后，唐臣走遍了大江南北，在祖国各地主持并修建了多座大桥，这也兑现了他当初的诺言，建造出一座结实稳固的桥梁，造福于百姓。

他就是享誉中外的著名科学家，被称为"中国现代桥梁之父"的茅以升，字唐臣，是著名的土木工程学家、桥梁专家、工程教育家、中国科学院院士、美国工程院院士。他把自己的一生都倾注在了桥梁事业上，他主持中国铁道科学研究院工作三十余年，为铁道科学技术做出了卓越的贡献，是积极倡导土力学学科在工程中应用的开拓者。他曾写过不少与桥相关的文章和著作。

茅以升先生一生学桥、造桥、写桥，由此可见，他为桥梁事业付出了多少心血。只因为当初那个偶然的意外，让他下定决心建造一座永不垮塌之桥。这座桥，不仅承载了他的梦，也同时承载了亿万中国同胞的梦想。

想来，他成功的那一刻，想得更多的应该是当初那个瞬间。没有当初的意外事件，或许也未能激发茅以升造桥的斗志。这也许就是梦的指引，他的桥之梦。

第三辑
梅花一样的女孩

人生的一百二十七个愿望

在美国西部的一个小乡村里，生活着一个普通少年。虽然他家境贫寒，但这并不影响他对未来的憧憬。

有一天，外面下着雨，少年只能待在家中不能出门。闲来无事，他坐在窗旁边的桌子前，手拄在上面，望着窗外的雨愣了神儿。忽然，少年欣喜一笑，马上找来一张纸和一支笔，在桌上认真地拼写了三个单词——My Life List（我的人生目标）。

在这个伟大的标题之下，他认真地书写了很多小标题，一行又一行，直至少年写到了第一百二十七个才结束，他便没有再往下写。这一百二十七条文字是他的人生目标。少年看了看自己写的人生目标清单后，觉得非常满意。谁也不会想到，这个写下了一百二十七个人生目标的少年年仅十五岁。

在他的人生目标清单上罗列着他的梦想，在普通人看来这就是一个孩子异想天开的行为，用幼稚、单纯等字眼形容并不过分。可是就是这样一个普通少年，竟真的按照自己写下的目标一个一个地实施，将梦想变成了现实。

正因为他的执着，他用自己的实际行动，开启了他的传奇生涯。他就

所有的果实，都曾是鲜花

是约翰·戈达德，一个古往今来最伟大的探险家和目标实现者。

不要以为他当初写下的一百二十七个人生目标只是一个玩笑，约翰确实是认真的。他每天都会带着自己那张人生目标清单，走到哪里就带到哪里。只要一有时间，他就会把它拿出来翻看。一边看，一边还在幻想着自己实现梦想时喜悦的样子。

在这一百二十七个人生目标当中，并不是所有的目标都难以实现，有的目标或许只是对当时的约翰有一定的困难，所以约翰决定将一百二十七个人生目标从最容易实现的开始，一个个地去征服。

在约翰十六岁那年，他与父亲到乔治亚州的奥克费诺基大沼泽及佛罗里达州的埃弗格莱兹去探险，这让约翰很兴奋，因为这是他人生目标清单中的目标之一。当约翰成功地和父亲完成了这次探险时，他激动地拿出了自己的那张人生目标清单，并在上面用笔做了一个标记，证明他实现了这个目标。这是他首次完成表上的一个项目，那种成功的喜悦之情，溢于言表。

就这样，约翰更加有信心完成表上的所有目标。在他二十岁之前，他又去了加勒比海、爱琴海和红海潜水。通过自己的刻苦努力，他如愿以偿地成了一名空军飞行员，曾在欧洲上空执行了至少三十三次作战任务。直到约翰二十一岁时，他已经到二十一个国家旅行过。这对于同龄中的一些青年人，或许连想都不敢想，而约翰却做到了。

自始至终，他都没有忘记过他罗列的那张一百二十七个人生目标的清单，严格认真地按照表上的项目坚持地进行着。每当约翰实现一个梦想的时候，他都会在这个清单的相应条目中，做上不同颜色的标记。在他的脸上常常洋溢着幸福的笑容，因为他体会着自己实现梦想后带来的那种荣誉感和成就感。

当然，梦想实现的过程并非是一帆风顺的，风险也是不言而喻的。在约翰的列表中罗列着很多具有危险性质的活动，他曾有过十八次死里逃生的经历，令人为之惊叹。而在约翰看来，人生就是一个挑战的过程，他不

第三辑
梅花一样的女孩

希望自己的生活活得如此平凡庸碌。墨守成规的生活不是他想要的生活，无限的挑战和刺激的冒险，才能够丰富他的人生阅历。人的潜力是巨大的，而在平凡的生活中，根本激发不出人的潜力。

其实，在每个人心中都有很多想要实现的目标，但大部分人往往选择将这种目标作为一种美好的梦，并隐藏在心中，毫无行动，那么它也只能是一个梦。

约翰做到了这一切，把梦想与现实紧密地联系在了一起，既然拥有梦想，何不尽早实现呢？在人们或许还在思考着要不要把自己的梦想实现时，约翰早已经按照自己事先设立的目标完成很多项了，足足一百一十条。

进行了尼罗河探险，漂流了科罗拉多河全程，考察了全长为四千六百四十公里的刚果河全程，又在南美、婆罗洲以及新几内亚的荒山野地里与以割取敌人的头作为战利品的食人族一起生活；登上了亚拉拉特山和乞力马扎罗山；以两倍于音速的速度驾驶喷气式战斗机；写了一本书，名叫《尼罗河之旅》。他又甜蜜地与恋人结了婚，并已拥有六个子女……

约翰在挑战着自己的不可能，也是在挑战着人类的许多不可能。有很多人听说了约翰的经历时，都非常惊讶，同时又存有诸多疑问，约翰到底是凭借什么力量，能够完成这么多在平常人眼里简直是不可能完成的任务？约翰只是平静地回答道："我只是让我的心灵先去了那个我想去的地方，因为想去，所以身体里本就蕴含的能量也随之被唤醒。然后，我只需要跟随着自己的心，真实地去那里就好，就这么简单。"

其实，约翰和所有人一样都拥有属于自己的目标和梦想，但并不是每个人都会用实际行动去实现它们。曾几何时，我们也像约翰那样，有着对于目标与梦想的执着，拥有着同样的热血和激情。然而，现实生活的打磨，让每个人的梦想都变得遥不可及。

当我们年老时，回忆过往，才会发现自己的人生当中充满了无限的遗憾。

所有的果实，
都曾是鲜花

守候最初的梦想

　　一个刚刚退休的英国女老师正在阁楼上整理着一些旧物，这些旧物原是她当老师的时候教学用的东西。就在她整理到一堆书籍时，她忽然看见在这一堆书籍中有一叠本子。她好奇地将这一叠本子从那一堆书中抽了出来，虽然这叠本子上布满了灰尘，但是仍掩盖不住上面的字迹，原来这一叠本子是练习册，不过她已经忘了这些练习册是她什么时候收上来的了。

　　人老了，总是愿意回忆曾经的一些过往。她耐心地吹了吹手上这叠练习册上面落满的尘土，并找了一个凳子坐下来准备翻看。似乎已经放了许久，书页已经开始泛黄。在这叠练习册的第一本的封皮上清晰地写着两行字—"皮特金中学B（二）班，题目叫《未来我是……》"，原来这是她曾带过的班级，不过已经是二十多年前了。很明显，这是她领着学生们写的一篇想象作文。

　　反正闲来无事，这个时候她决定翻开读一读孩子们的梦。看着，看着，她很快便被孩子们各种天真古怪的愿望和梦想给迷住了。

　　就像一个名叫彼得的学生在自己的作文中写到的一样，他希望自己能够当一名海军大臣，因为有一次他在海中游泳的时候，不幸呛水，喝了近三升的海水，但是最终依然健康地活着，他认为自己具备当海军大臣的能

第三辑 梅花一样的女孩

力；还有一个学生在自己的作文中写下了他的梦想，他希望自己能够当法国总统，因为他能够准确地背出法国二十五个城市的名字，而同班的其他同学仅仅只会背出七个。读到这里，老师笑了笑，孩子的想法总是这样令人出乎意料，她觉得这样很好。

但当她又翻开了一篇作文时，她愣住了，她在脑海中搜寻着这个学生是谁，她好像记得这个学生是一个眼睛有残疾的孩子。但她没想到的是，就是这个盲学生，竟写出了如此伟大的理想，他希望自己将来可以成为英国的一名内阁大臣，因为在英国还没有一个盲人可以进入内阁。她很欣慰，尽管孩子们的想象是五花八门、千奇百怪的，但是这就证明了孩子们确实认真思考过这个问题，对自己的未来还是很有憧憬的。

想到这里，她突然有了一种冲动，那就是把这些练习册重新发回到这些同学们的手中，让他们看看现在的自己是否真的实现了二十多年前的梦想。想到这里，她便马上付诸行动。她找到当地的一家报纸刊登了这则启事，没想到很快便有了回复，足有二十多封信，均表示自己想知道自己儿时的梦想是什么。按照地址，她将一本本练习册给他们寄了过去。

让她没想到的是，一年之后，她忽然收到了一封来自内阁教育大臣戴维·布伦克特的一封信。她很疑惑地打开了这封信，这才恍然大悟。信中写道："那个名叫戴维的学生，就是我，我很感谢您还为我们保存着儿时的梦想，虽然我已经不需要那个本子了。因为从我写下这个梦想的时候起，我的梦想就已经深深地烙印在了我的脑海里。在那之后，我没有一天想过要放弃这个梦想，尽管实现梦想的道路非常曲折，但是二十五年过去了，我已经实现了那个梦想。"

这个眼睛有残疾的学生就是从教育及就业大臣一跃而成为权力更大的内阁大臣的戴维·布伦克特。

虽然他的眼部有残疾，但并不影响他对于梦想的追求。谁能想到一个双目失明的盲人会一跃成为英国的内阁大臣？就是这样一个有着梦想的盲

所有的果实，都曾是鲜花

人，谱写出了自己的传奇。

戴维能够拥有今天的成功，是非常不易的。他需要付出比常人多出十倍，甚至是百倍的努力。虽然眼盲，但是心却不盲，他努力做到让自己与寻常的孩子一样。在他很小的时候，戴维就已经学会了盲文和打字。他对自己的要求近乎苛刻，因为他想与其他的孩子一样，只有克服了极大的困难，才能接受正常孩子可以得到的教育。在他的家乡，戴维还是小有名气的，因为他用自己的实际行动，向世人证明，正常人能够做到的事情，他也能够做到。或许正是因为他的这种非凡毅力，才让他在追求梦想的道路上越走越远，离成功越来越近。

上帝是公平的，戴维的努力和执着与自己的收获是成正比的。由于自己提出了鲜明的思想，再加上他脚踏实地的工作，戴维赢得了选民们的广泛认可，从此在从政路上越走越顺。在布莱尔出任英国首相后，便提名戴维出任教育大臣，这一提议几乎没有遇到任何阻碍。他们知道，在英国，没有谁能够比戴维更了解教育的重要性。

就这样戴维成为世界政治舞台上有史以来职位最高的盲人。尽管他为此付出了相当大的代价，但是他觉得一切都是值得的，因为他守护住了他儿时的梦想，让梦想成真。

第三辑
梅花一样的女孩

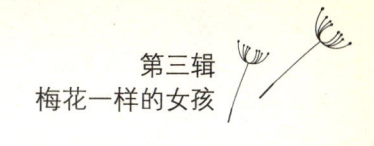

现实与理想的抉择

　　皮尔出生在意大利威尼斯水城近郊的一户贫苦农家，全家人为了生活，历经了无数艰辛，才在法国东南部的一所小城里勉强定居下来。全家人靠着父亲每天骑马登雪山采冰块，然后运到城里卖给有钱的人家，挣几个小钱维持生计。

　　幼时的皮尔，多才多艺，从小就酷爱舞蹈，常常幻想着自己是一名舞蹈演员，希望自己能够像崇拜的拥有"芭蕾音乐之父"美誉的布德里那样，拥有属于自己的舞台。然而，他的舞蹈梦因为家境贫寒而不得不放弃。

　　除了舞蹈，皮尔还喜欢缝纫。皮尔七岁时，有一天他在草地上奔跑玩耍的时候，意外捡到了一个布娃娃，他非常开心地抱着布娃娃回了家。布娃娃身上的衣服虽然有些破旧，不过并不影响整体的美观。他看着布娃娃的衣服，忽然有了一个想法。他赶忙从母亲的针线篮子中翻出了一些小碎布，还有针线，静静地坐在昏暗的油灯旁缝补着。原来，他是想给这个布娃娃缝制一件新的衣裳。不过针线活远没有他想的那样简单，他缝了拆，拆了缝，总是觉得不满意。这激发了他的兴致，直至缝制到自己看着觉得满意才肯罢休。看着布娃娃穿着自己缝制的漂亮裙子，小皮尔觉得很满足。这是他一生中设计出来的第一件裙子，或许他不曾想到，自己未来的人生

所有的果实，都曾是鲜花

道路会与制衣缝纫有关。

　　皮尔对读书学习并不感兴趣，也因此中途辍学。迫于家境生活的关系，父母无奈将他送到一家小裁缝店去做学徒工，盼望着将来皮尔学成这门手艺后能够减轻家里的生活负担。可那时候的皮尔心中已经被舞蹈梦装满，所以十分苦闷，觉得自己再也没有实现梦想的那一天。皮尔开始对生活失去信心，每天都觉得自己活着很痛苦。渐渐地，他有了轻生的念头，与其痛苦地活着，不如早点结束生命。

　　就在皮尔决定自杀的那天晚上，他看着墙上的布德里的画报许久，他决定写一封信给布德里，希望布德里能够收下自己这个学生。他在信的结尾写了一句偏激的话语："如果您不肯收下我这个学生，那么我只好为了艺术献身，跳河自尽。"发出了这封信后，皮尔心里忐忑不安，但依然抱着布德里会收下自己的那一丝希望，期待着回信。很快，皮尔收到了回信，他急切地打开了这封回信阅读。可是，信里并没有提及收他做学生的事情，而是讲了一个有关于布德里自己的故事。

　　信里叙述了布德里想要当科学家的梦想，因为家境贫寒未能实现理想，只能跟着街头艺人卖唱勉强维持生计。在信的最后写着这样一句话："人生在世，现实与理想总是会有一定的距离。在理想与现实生活中，人必须首先要选择生存。人只有生存下去，未来才会有希望。如果一个连自己的生命都不好好珍惜的人，是根本不配谈艺术的。"看到这里，皮尔恍然大悟，他明白了布德里的意思，生存都难以维持，更何谈艺术呢？

　　皮尔将这封信放回了信封中，好好地保存了起来。他重新振作起来，面对自己的人生。他想把自己的手艺学好，让自己生活得更好，未来才能有实现梦想的一天。

　　从那以后，皮尔跟着裁缝师傅认真努力地学习着缝纫技术。他时常路过一些大型商店的橱窗前，并站在那里痴迷地盯着橱窗里的各式各样的精品服装。他也会想着自己有一天也能够设计出跟这些橱窗里的衣服一样漂

第三辑
梅花一样的女孩

亮精美的服装，也能够放在橱窗里供人们观赏和购买。

皮尔似乎天生就是做缝纫行业的人，仿佛早就具备缝制衣服的才能。他仅用了两年的时间，自己的手艺已经完全超过了教他的师傅。就这样，他开始大胆尝试设计一些新颖款式的服装，并因此赢得了当地一些富家小姐的青睐。

虽然舞蹈梦已经在皮尔的心里尘封已久，但他依然非常热衷，所以他冒出了给舞台服装设计样式的想法。想到这里，皮尔马上着手研究并设计各种各样的舞台服装。为了更好地了解舞台服装设计的方法，他白天在裁缝店工作，晚上到当地的一家业余剧团当演员，亲身感受和体验，希望能够设计出更加新颖艳丽的服装供给演员使用。这也算是与舞蹈有着些许关联，这让皮尔觉得很欣喜。也因为自己的这个想法，他的眼界更加开阔，对他未来设计服装的风格产生了潜移默化的重要影响。

因为皮尔的勤奋与努力，在他二十三岁那年，他终于在巴黎拥有了自己的服装事业。很快，他就创建了自己的公司和服装品牌，他不但成了非常富有的人，他的名字和品牌也风靡了全球的每个地方。这个人就是皮尔·卡丹。

在他回忆起自己当初那个舞蹈梦时，他粲然一笑。其实，他并不具备舞蹈演员的素质，舞蹈梦对于他来说，或许只是一个美好的梦而已。如果，他当初坚持着这个虚幻的梦想，可能也不会有今天的自己。

现实与梦想就是这样令人难以抉择。有人说要坚持自己的梦想，这样才会有实现的一天，才会走向成功。也有人说，并不是一定要坚持自己的梦想，才能拥有美好的未来。在选择之前，前提是要明确哪一条路才是真正适合自己的那条路，而并不是所谓的坚持梦想。人真正要坚持的，其实是自己的本心。

所有的果实，
都曾是鲜花

坚持自我

　　对付敌人我们需要过人的勇气，但在他人面前坚持自我，同样也需要很大的勇气。布兰得利是英国格拉斯哥的一名小学生，他在同学中是公认的"应声虫"，就像他的朋友奥布里说得那样："不要试图问布兰得利任何事情，他只会告诉你'好的'和'我不知道'。"

　　但布兰得利却并不觉得自己没有主见，比如小组解数学题的时候，他想出了一种很棒的解题思路，到台上分享结果的时候，同组的另一个同学奥利弗提出，自己想代表本组上台展示结果。尽管组内其他人包括布兰得利自己都认为，上台展示结果应该是布兰得利本人，但布兰得利却说："啊，好的，当然好。"

　　尽管布兰得利在心里也常常觉得不公平，但他始终认为自己只是在迁就别人。"这个世界上总要有人扮演迁就者的角色，"布兰得利常常想，"如果大家都不肯迁就，那这个世界该多么糟糕啊！"

　　而这样的事情似乎一直发生在布兰得利身上。鲍勃和布雷克是格拉斯哥小学里出了名的两位"老大"，大家都知道，格拉斯哥小学校车的最后一排谁都不能坐，因为这是两位"老大"的位置，如果有谁坐了就会不可避免地被"老大"揍上一顿。但是问题来了，最后一排有四个座位，两个"老大"身边又不能坐人，而校车座位又跟乘坐人数是完全吻合的，有一名家庭条件优越的同学由保姆开车送往学校，这就意味着全车有一个人必须需要全程站到学校。

经过大家一致协商，布兰得利又成了不幸的推举者，然而这次他也没让大家失望，虽然他的内心是拒绝的，但习惯让他几乎毫不犹豫地说出了自己的口头禅："好的。"校车事件一直让布兰得利耿耿于怀，因为同学们似乎已经忘记了是布兰得利让他们逃脱了站到学校的厄运。

每当校车转弯或者急刹的时候，大家就会随着布兰得利摇晃的身体发出吃吃地笑声。终于，布兰得利忍不住跟自己的好朋友奥布里抱怨起来，奥布里耸了耸肩："可是，这是你答应的不是吗？你当时没有反对。""哦，是的，是这样没错。"布兰得利懊恼地说。

回到家后，布兰得利第一次对自己发问了，坐校车是自己的权利，只有自己一个人站到学校，这件事简直太荒唐了，自己必须做出反抗。晚餐时，父亲看见布兰得利心不在焉地用叉子对付着盘子里的肉饼，于是问道，"儿子，你有什么心事吗？"在父亲的再三追问下，布兰得利忍不住把自己的苦水一股脑倒了出来，没想到父亲却冷静地说："事情是你答应的，你应该自己去解决，如果你不想继续，你就要把你自己的想法说出来。"

布兰得利下定决心一定要把自己的想法告诉大家。第二天早晨，布兰得利怀着忐忑的心情坐上了校车，他上车后清了清嗓子，昨晚整理好的说辞现在却一句都说不出来，奥布里看出布兰得利似乎要说出什么了，于是他给自己的朋友送上了一个鼓励的微笑。当大家的目光聚集在布兰得利身上时，他更不知道要怎样开口才好，于是就在车前面张着嘴看着大家。

"喂，说你呢，别挡路。"布兰得利后面传来了一个低沉的声音，原来是两个"老大"之一的鲍勃，布兰得利慌忙让开了路。到了学校，布兰得利十分懊恼，奥布里拍了拍他的肩膀："嘿，别想太多，你只需要把你的想法说出来。"布兰得利看着奥布里鼓励的眼神，下定决心再次把大家

所有的果实，都曾是鲜花

叫来，他清了清嗓子，有些支支吾吾地说："哦，是这样，我认为，我们可以轮流站着坐校车。"

"可是，当初是你答应我们，只有你自己站着的呀。"大家纷纷响起不满的声音，布兰得利声音变得更小："哦，是的，是这样，但是……""布兰得利，真没想到你是这种人，"和布兰得利同组的奥利弗说道，"你真是一个没有信用的人。""哦，好吧，好吧，我知道了。"布兰得利灰头土脸地败下阵来。

这一次，布兰得利真的认识到，从前不敢在大家面前坚持自我的自己是多么怯懦，大家已经习惯了让自己做出牺牲，最可怕的是连自己也习惯了不在人前坚持自己，布兰得利躺在床上陷入了沉思。

第二天一早，布兰得利上了校车，大家受到昨天布兰得利"反抗"的影响，谁都没有搭理他。布兰得利没有说话，而是径直走到了自己的座位上："嘿，奥利弗，这是我的座位，你应该回到你自己的位置上。"奥利弗有些不敢相信地看了看布兰得利，但布兰得利的口气很坚定，奥利弗只好站起来，走到了最后一排。过了一会儿，格拉斯哥学校的两位"老大"上来了，奥利弗立刻站起身来。

布兰得利从座位上站起来，走到奥利弗身边："鲍勃，这是奥利弗的位置，让他坐下来没问题吧？"鲍勃看了看语气坚定的布兰得利："哦，是的，坐吧。"从此之后，再没有人管布兰得利叫"应声虫"了。

第三辑
梅花一样的女孩

映雪苦读

晋代时期，在京兆有一个少年，他幼时就酷爱读书。渐渐地他长大了，在同龄孩童都在外面奔跑玩耍的时候，只有他在家门前，捧书翻读。

酷爱看书的他，总是感到自己时间不够用。他充分地利用了自己所有能够利用上的时间，但依然觉得时间过得很快，不够自己读书。太阳终究是要落山的，这也就意味着黑夜的来临。他有些厌恶夜晚，因为这样他就不能继续读书了。

其实他何尝不想夜以继日地在书海里徜徉，奈何他的家中贫穷，有时候吃饭都会成为问题，更何况是拿出钱来买油灯呢？没有钱购买油灯，他就只能白天读书。

每当他正读得津津有味时，天色渐暗，书上的字也随着夕阳西落逐渐模糊，但他依然不肯放下手中的书。直到完全看不见字时，他才无奈地不得不放下。

夏季是四个季节中他最喜欢的一个季节。他之所以喜欢这个季节，是因为夏季的自然规律，白天的时长大于黑夜的时长，这样他便能够多读一会儿书。由此可见，他对读书的热爱痴迷程度。

可是，夏季终究会过去，最让他难熬的就是冬季。到了冬天，长夜漫

所有的果实，都曾是鲜花

漫，他有时候躺在床上辗转反侧，难以让自己入睡。后来，实在是没有办法，只好白天多看书，一刻不敢松懈，常常废寝忘食。到了晚上，不能看书，他便开始默诵白天看的内容，以便于加深印象。

有一年冬天的夜里，他一如既往地在床上躺着默诵着白天读到的内容，默诵了一会儿，他便不知不觉地睡着了。不知过了多久，他翻身的时候，面朝窗户的方向，忽然觉得有些刺眼。他忽然发现从窗户外透过窗纸照进来几丝白色的光，他用手轻轻揉了揉自己的眼睛，让自己能够看得更清楚。他有些疑惑，这些白光是哪里来的？

带着这个疑问，少年翻身下床，赶忙地穿上了鞋子，小跑着来到门前，打开大门，寒风卷带着些许雪花扑面而来，着实让少年打了个冷战。原来，外面下了一场大雪。雪已经停了，但屋顶、地上都覆盖了一层厚厚的积雪，大树也裹上了一层新衣。他看着整个大地都披上了一层银装，透着天上的月光，使得地上的雪花闪闪发亮，这让他有些眼花缭乱。

少年看着雪后的美景，一时间失了神，依然忘记了冬天的寒冷，更忘了自己曾经有多么厌恶冬这个季节。他静静地欣赏着银装素裹的雪景，头脑中回想着先人曾做过的与雪相关的文章。

忽然，少年看着地上的雪花闪出的亮光咧嘴一笑，心中有些激动："既然这里的雪花能够闪出亮光，不知道这样的亮光能不能看书呢？"

少年一刻不敢停留，马上付诸实行。急急忙忙地跑回屋中，将桌子上的书拿出门外，马上将手上的书翻开，借着雪地反射出的光看书，果然字迹清楚。如此亮光比一盏昏黄的小油灯还要亮堂许多，少年非常高兴，马上就着这亮光读起书来，丝毫没有任何困意。

从此以后，他不再讨厌冬天，开始喜欢上了冬季。因为有了雪花，整个冬天，他都可以借着雪光夜以继日地埋头苦读。冬季的寒冷，并没有让少年放弃映雪读书的想法，反而更加激励他勤奋刻苦。

从此少年再也没有为油灯而发愁。正因如此，他经常彻夜读书，一直读到清晨公鸡打鸣，但从未感觉到有丝毫疲倦。因为他觉得能够读书，从书中获得知识、心得，他就很满足。即使北风怒号，滴水成冰，他也未曾中断过学习。

当然，这样的努力是不会白费的。功夫不负有心人，少年砥砺求进，学有大成，最终官至御史大夫，成为很有名望的学者，这位少年便是孙康。他的故事感染了很多人，他成了后世学子学习的榜样，而孙康映雪苦读的故事也成了家喻户晓流传的佳话。

他能够成功并非是一种偶然。孙康映雪苦读是为了可以看更多的书，获取更多的知识。然而，他能够成功并不仅仅是因为他博览群书，更重要的是他的坚持、他的毅力以及他对知识的渴望。

所有的果实，
都曾是鲜花

用童话征服世界

生活在社会最底层的孩子往往是很可怜的，因为他们从小不仅要经受着贫困与饥饿的煎熬，还要遭受来自富家子弟的奚落和嘲笑。生活的不易，让他们变得非常听话懂事，因为他们知道父母赚钱的艰辛。

这样的生活环境常常会出现成功的人士。因为他们饱尝过辛酸，所以对于梦想也会比寻常人家的孩子更坚定执着。这个孩子，也不例外，他拥有属于自己的梦想，所以活得很快乐。

这个孩子的父亲是一个鞋匠，家境并不宽裕，全家人仅靠父亲修鞋的微薄收入勉强度日。虽然日子过得很艰难，但是全家人还是觉得很幸福。他是个喜欢做梦的孩子，他常常梦想着自己有朝一日能够通过自己的努力来摆脱别人的歧视，成为一个受人尊重的人。可在当时的社会里，他的这种想法被认为是一种笑话。

因为贫穷，没有人愿意跟他玩耍，所以他一天大部分的时间都把自己关在家里，没事看看书，或是给他的那些玩具娃娃缝缝衣服。不过他最为期待的还是晚上，因为到了晚上，父亲就会给他讲《一千零一夜》的故事。他觉得父亲是最理解自己的人，也因此他常常向父亲倾诉自己的想法。他的梦想是成为一名演员或是一名作家，对于他的梦想，父亲总是摸着他的头鼓励着他，认为他一定会实现自己的梦想。这让一个拥有梦想的孩子非常欣喜。

然而，好景不长。在他十一岁的时候，父亲便去世了，世上唯一一个了解自己的人，也离他而去，这让他幼小的心灵遭受了沉重的打击。这也意味着，他的生活处境将变得更加艰难。

迫于生活的压力，母亲决定送他去裁缝店当学徒工。听闻这个消息，他哭泣着哀求母亲，希望母亲可以允许自己远赴哥本哈根。因为在那里有一家著名的皇家剧院，在那里或许会因为他的表演天赋而得到赏识也说不定。可是母亲有些担心他，然而他坚定而又热切的目光打动了母亲，他说："我的梦想就是成为一名演员，我知道我选择的这条路会非常艰辛，但是我不怕，这份苦我可以吃。"

他穿着一身破旧的衣服，两手空空，站在一旁。因为家里的生活已经十分困难了，母亲实在是筹不出什么东西可以让他带在身上，她唯一能做的就是花掉仅有的3克朗买通赶邮车的马夫，并乞求他让自己的儿子可以搭车去哥本哈根。就这样，在他十五岁那年，他如愿以偿地踏上了远赴哥本哈根的路程。

也许上天早就注定了如果每个人想要实现梦想，那么实现梦想的旅途一定不会一帆风顺。他到了哥本哈根后，依然没能摆脱被人歧视的命运，经常受到当地人的嘲笑与讽刺，嘲笑他穿的衣服土得掉渣，人长得像极了小丑。尽管如此，他依然没有放弃成为一个演员的梦想。

历经坎坷，他终于在皇家剧院得到了一个扮演侏儒的角色，这是他第一次登上梦寐以求的舞台，望着节目单上自己的名字，他兴奋得夜不能寐。

然而，幸福往往是短暂的，他虽然成功地登上了自己期待已久的舞台，但是他扮演的角色都是男仆、侍童等一些龙套角色，有的角色甚至连一句台词都没有，他突然感觉自己的演员梦离自己越来越远。

在他失落的时候，他想起了父亲的话。父亲曾经告诉过他，他一定会

所有的果实，都曾是鲜花

实现自己的梦想。想到这里，他重新振作起来，决定投身到写作中。他白天接皇家剧院的角色来维持生计，晚上便奋笔疾书地写起了自己的小说。

经过两年的坚持，他的第一本小说集出版了。但是由于他只是一个无名小卒，这本小说集根本就卖不出去。他试图将自己的书敬献给当地的名人，却遭到冷酷的拒绝，还受到了对方的讥笑与嘲讽。

多年以来坚持的梦想之火，一次又一次遭到瓢泼冷水。他情绪非常低落，一度抑郁，甚至有了想要自杀的念头。但是每次在梦想之火濒临熄灭之际，他就会想起父亲的话，父亲的话鼓励着坚持下去，因为他虽然什么都没有，但至少还有梦想，有梦想就有希望。

终于，多年的坚持最终有了回报。他来到哥本哈根的第十五个年头里，凭借小说《即兴诗人》一举成名。他趁势又将自己曾经的经历还有小时候听到的故事编书成册，写了四本童话集，他因此奠定了世界级童话作家的地位。

故事讲到这里，大家可能已经猜到了他的名字。没错，这就是丹麦著名的作家安徒生。他始终如一日地坚持着自己的梦想，用自己的梦想点燃了自己，用自己的童话征服了这个世界。

成名后的安徒生，他很欣慰，他终于兑现了自己的诺言，摆脱了他人的歧视，受到世人的尊敬。谁也不会想到，就是这样一个生活在最底层社会的穷孩子，最终会实现自己的梦想。

第三辑
梅花一样的女孩

只要有梦，什么时候开始都不算晚

"君，我准备换行业了。"

"换到什么行业？"

"我不再做我的专业工作了，我要去当编辑！"

"编辑？你学的是理科，工作这么多年也一直是研发，虽然你爱看书，可是，这是两码事啊？"

"我想试试。"

"你都做化工十多年了，重新换一个行业，尤其是你从来都没从事过的行业，行吗？"

"不知道，可是这么多年，我一直梦想有机会写作，从小我就爱看书，但高中分科时也不知道自己的爱好、不知道自己的未来，当时听了别人的建议选了理科，因为理科好找工作，高考又听了亲戚的建议选了化工专业。上大学后才慢慢找到自己的兴趣，可是已经很晚了。毕业后，想找一份与写作贴近的工作，简历投了很多，可是没有一家愿意要我，钱快花完了，我只有选择自己的专业就业。后来，因为家庭、孩子和种种原因，我一直都在勉强自己做化工行业，我真的不想再这样下去了，因为不喜欢自己的工作，每天都跟行尸走肉一样，机械地上班、下班；因为没有兴趣，我都

> 所有的果实，
> 都曾是鲜花

不愿意阅读工作相关的书，工作能力没有一点提高，这样再干下去又能有什么呢？难道还要再熬几十年，熬到退休吗？"

"可是大家不都这样吗？有几个所学的正好是自己爱好的？我觉得你这样做的风险太大：第一，你都三十多岁了，人生还容得下你几次折腾？第二，你一理科生，去做与原来风马牛不相及的工作，理想和现实还是有区别的，万一试了不适合，你怎么办？第三，玥，你还有家人，你婆婆他们会同意吗？"

"君，你说的我都明白，前几年，我也是因为这样的问题不敢去做我自己想做的，可是你看我现在也没啥出息，不还是这样吗？既然如此，我想试试做我自己喜欢的事，最差不过就是我不适合、我做不好，大不了，我再去干自己的老本行罢了，这样我也死心了，以后等老了我也不会后悔，不会去想假如我当时选择编辑会怎样？"

"君，你知道吗？正是因为我都三十多了，我才下了这个决心，我不想一辈子就这样过。你知道吗？我现在常常后悔，刚毕业那会儿为什么不再多坚持一下？也许再多坚持一下就是不同的结局。我不想等到我四十多岁时后悔，不该放弃了这个难得的机会。人生能有几个十年，我不想再错过。写作是我一直以来的梦想，难得这次对方愿意给我这个机会，这个我已经错过十多年的机会，你说我不应该抓住吗？"

"那祝贺你，玥，其实我挺佩服你的勇气，好好努力，用心去做，我相信你肯定能行的，加油！其实我很羡慕你，我其实一直都想自己去做点小买卖，我也厌烦现在的工作，多少次我都想辞职，可是我丈夫说'瞎折腾什么啊？你这单位轻松无压力，收入也过得去，更不用天天坐班'我婆婆他们的观念就是'自己干，到时赔了怎么办？上班多安稳！'他们这样一说，我也不好再坚持了，你看我给你泼了这么多凉水，你都还是继续要坚持，可见比我坚定多了！"

"我们的情况有所不同，我的是十多年的梦想和愿望，而你的不是。

第三辑
梅花一样的女孩

如果你的也是十多年,你也会坚持的。"

一年后君和玥两个好朋友又约在老地方见面了。

"玥,来,为你能坚持一年干杯!"

"哎,我比他们差远了,不是科班出身真的还是有差别的,难怪我刚毕业时,没人愿意要我。"

"看来你们社长当初愿意给你一个机会也需要很大的勇气啊,哈哈!"

"可不是嘛!我非常感谢他能给我这个机会,也很感谢自己,抓住了这个机会!也感谢你,虽然决定之前一直给我泼凉水,但是后来一直鼓励我。"

"朋友嘛,不就是在你需要时温暖一下吗?现在还天天看书吗?"

"嗯,我比别人差,如果不努力怎么行,我现在又增加了一项,每天坚持写两千字。"

五年后,两个好朋友又约在老地方见面,玥把一本书放在君面前。

"送给你的,我写的,里面有你的故事!"

如果不是一直坚持,玥怎么可能注意到这么一个偶然的机会;如果不是一直坚持,玥怎么敢放弃过往的一切,愿意自己的人生重新起航;如果不是一直坚持,在亲朋好友都反对的情况下,玥怎么能毅然坚定自己的选择。只要有梦,什么时候开始都不晚!

第四辑

一只猫的生财之道

所有的果实，
都曾是鲜花

不要被保证的未来

　　从前，在一个地势偏远的小山村里住着一个小男孩，他对一切新奇的事物都会感到很好奇。可能是因为这个小山村坐落的位置距离大城市很远，很少与外面往来，所以村里的经济落后，得不到发展，也因此变得很穷困。

　　这个小男孩的家是这个小山村里生活水平最为落后的一户，他的父亲是村里的农民，只是耕种着自己的几亩田地，家里仅靠他一个人种地维持着家中的生活。

　　小男孩自小就非常懂事，体谅父母的辛苦，他常常帮父母做家务活。在闲暇之余，他喜欢看各种类型的书。虽然他认识的字不多，但是他很勤奋地将不认识的字誊抄下来，并向村子里有学问的人请教。其实，在整个村子里，读书识字的人微乎其微。因为在他们看来读书识字在这里根本用不上，与其浪费时间，不如早早地干活挣钱来得实在。但小男孩却不这么想，他梦想着有一天可以走出这个小山村，到外面的大城市去看一看，长长见识。

　　有一天，小山村里来了一个长相斯文的人——他身上背着一个小包，手里拿着一个大夹子。原来，他是城里公派到小山村里画画写实的美术老师。城里听闻在这个小山村的附近有一处山泉，景色秀丽，因而派人过来看看

第四辑
一只猫的生财之道

并调查情况。

在去山泉的半路上,美术老师迷了路。毕竟他初来乍到,人生地不熟的。可是怎么办呢?正当他在原地着急的时候,看到远处走过来一个小男孩。他连忙叫住了这个小男孩,并上前询问。

"小朋友,不好意思,我向你打听一下,你知不知道去山泉的路怎么走?"美术老师在询问的时候,同时打量了一下这个小男孩,他发现这个孩子身上虽然穿着的衣服有些破旧,但是却十分干净整洁,他对这个孩子的印象很好。

小男孩有些疑惑,想知道这个男人是做什么的,因为他并没有在村子里见过这个人。美术老师似乎看出了孩子的疑惑,"小朋友,我不是什么坏人,我是从城里来的美术老师,听说这附近有一处山泉,那里的景色十分优美,所以过来看看。"

小男孩听到这个男人自称是一名老师,他的目光有些闪烁,因为他最敬重老师。在他们村里就有一位老人,曾经是一个私塾先生。想到这里,小男孩毫不犹豫地点了点小脑袋,他决定亲自带这个美术老师去找山泉。

就这样,一大一小两个人一同去寻找山泉。走了没一会儿,便走到了。看到山泉的那一刻,美术老师被眼前的景象所吸引,他激动地从包里掏出了画笔,并打开身上背着的画板,原地坐下便开始写实。他的笔在纸上飞舞着,不一会儿,一幅美丽的画作诞生了。美术老师松了一口气,像是得到了一种极大的满足。突然,他看到了站在一旁默不作声的小男孩。他笑了笑,他仿佛高兴地忘了这个孩子的存在。

"孩子,你知道吗?我早就听说过这个地方,可惜一直没有机会过来,直到这次因为公事被派过来,我才有机会看到如此美丽的景致。由于不知道具体的位置,如果不是你的出现,我可能就与这里的美景失之交臂了。孩子,很感谢你。"美术老师微笑着打开了自己的背包,从里面翻了翻,掏出了一本书一样的小册子交到小男孩的手中,作为小男孩带路的回报。

所有的果实，
都曾是鲜花

"这是一本地图册，里面有很多美丽的地方，如果以后有机会，你可以按着这个小册子上标着的地方去看一看外面世界的美好，人生若是不去看看外面的世界，等老了的时候，就会留下很多遗憾。"小男孩拿着手里的地图册非常高兴，如获至宝。

他马上拿着这本地图册跑回家里，迫不及待地翻开了第一页，当他看到书中的彩色内容时，异常激动。他对这个地图册爱不释手，不管做什么都要随身带着它。

晚上，父亲农作归来，一天的劳累，让他感到腰酸背痛。父亲想让小男孩烧壶热水，小男孩仍旧不肯放下手中的地图册。他一边烧水，一边目不转睛地盯着地图册里的精致图画，读得津津有味。这时候，锅里的水已经沸腾起来，而小男孩没有注意到，依然在一旁看着手中的地图册。

父亲看到小男孩半天没有回来，不耐烦地走到厨房。他看到锅中沸腾已久的水，同时，他也看到在一旁正低着头读着什么东西的小男孩儿。于是，父亲生气地大步迈了过去，将小男孩手中的册子一把抢了过来，并用力打了小男孩两个嘴巴，小男孩站在原地有些不知所措。

"你看这个做什么？难道还想有一天去这些地方？我保证你以后根本就去不了这些地方。你净想美事儿，在这儿做白日梦。有这个时间多干点活，别总想这些没用的。"父亲狠狠地训斥了小男孩一顿。

小男孩倔强地掉下了眼泪，因为他不相信自己一辈子都会待在这里。就这样，小男孩将这个理想搁在心里，他梦想着有一天可以走出这个小村庄，周游世界。

机会总是这样不期而遇，你期望什么，便会得到什么。美术老师因公派任务，又一次来到了这个小山村。他再次见到了这个礼貌的小男孩，美术老师很喜欢他。他带来了一个好消息，因为这个村子附近的山泉资源，所以该村庄被列为保护村。随着村里经济的逐步发展，这里盖起了学校，还来了很多外地人。

第四辑 一只猫的生财之道

小男孩通过自己的刻苦学习，考上了外地的学校，他终于成功地走出了小山村。来到城市的那一天，他站在车水马龙的街道上，他笑了，因为他知道，他已经成功地迈出了人生中举重若轻的一步。

时光踮着脚尖，它想要去触碰那些想要追逐梦想的年轻人。他知道要想在这座城市扎根立足，就必须付出辛苦。他通过自身努力成为一家旅行社的领队，可以经常出国。在他来到小时候的梦想之城时，他在巴黎写了一封明信片寄回家中。

他在明信片中写道："爸爸，我不想要一个被保证的未来，所以我勤奋努力，走出了咱们的村庄。还记得那年您打了我两个巴掌，从那一刻起，我就暗暗发誓，要周游这个世界。我现在已经实现了我的第一个梦想。"

当父亲收到这张明信片时，他有些摸不着头脑，他根本不记得自己什么时候动手打了他，更不记得他什么时候说过这些话。不过，这些不重要，他没想到自己不经意之间的举动竟能让孩子有这样大的冲劲儿。

人生就是这样，总是在不经意之间，成就了自己。或许没有当年父亲的保证，可能也换不来这个孩子的倔强，也就不会有他未来的故事。有梦想就去实现，别让自己在悔恨中度过余生。

所有的果实，
都曾是鲜花

不只是作为一名实习生

临毕大学业之前，每一所高校都会安排学生们参加实习任务。对学生来说，实习任务是一门必须完成的课程，同时也是一个选择的过程。很多学生都会遇到这种问题，那就是上大学之前并没有认真地想过自己未来应该从事什么行业，甚至是连大致的方向都没有想过。

步入大学的校门后，学生们开始了轻松而又欢乐的学习过程。他们以"不挂科"为学习目标，在学校开始"混"生活。当轻松地度过了两年的大学生活后，他们才发现自己不知不觉中步入大三，这时的他们开始面临着实习和即将毕业的危机感。此刻的他们很迷茫，并不知道自己将如何选择才是更好的方向。

这可能也是高校安排实习的目的，为了让学生能够更清楚了解自己本专业学习的知识并运用到具体的工作中，实习也让他们了解自己是否适合做本专业的工作。

我曾也是高校实习大军中的一员，像很多学生一样，我轻松地度过了两年的大学生活。到了大三，我也面临着考研还是工作的选择问题。当然，在做出选择之前，我必须要完成学校安排的实习任务。当时，我并不知道该去哪里实习，更不知道该去哪里找实习工作。我正为此发愁的时候，班

第四辑 一只猫的生财之道

里的孙然听说我还没有找到实习工作，他便主动找到了我。他带着我到了一家快消公司进行实习，因为我们学的是市场营销专业。

当时公司招募了一大批实习生，我比孙然晚来大约两周。我们同在一个起跑线上奋斗着，并没有什么分别。每天在一起发着没完没了的快递，搜索着没完没了的信息，以及印着没完没了的资料。我们与其他实习生边干工作边发着各种牢骚，我们相互抱怨。

过了几天，我们总部公司来了很多人，经小道消息才得知，这些人是全国各个分公司派过来的代表，来这里参加为期两个月的培训。这让本就有些拥挤的公司，显得更加拥挤了。

也就在这个时候，我发现孙然总是和那些代表处的同事一起下楼吃饭，我当时并没有多想，依然自顾自地叫外卖。这段时间里，我才真正地了解到工作是有多么的不容易，除了忙碌还是忙碌，一点时间都没有，而且还很无聊，每天都要重复着同样的工作。其他实习生已经按捺不住，他们觉得自己在这里简直是在浪费时间。公司不能给予他们施展才能的机会，这跟自己当初想象的工作状态完全相反。

当两个月的实习期结束，我向公司申请继续实习。我经过两个月的实习期感觉自己已经适应这种工作状态了，但其他的实习生走了一大半。当然，同样没有走的，还有孙然。

各地分公司代表的学习任务也接近了尾声。他们走的那天，公司里的一些职员包括几个实习生象征性地出来送别。就在转身的瞬间，我看到孙然跟那些分公司的同事很熟的样子，他们很开心地交谈，丝毫没有陌生感。在他们临上车的时候，我还听到孙然跟他们喊了一声："各位哥哥姐姐，再见，要常联系啊。"

我有些不屑地看着孙然，没想到他居然选择跟那些分公司的代表套近乎，卖笑脸，说违心话。想到这里，我轻哼了一声，不再看他，径直走回了公司。

所有的果实，
都曾是鲜花

　　后来的日子，我不再干着那些基本工作，主管派我负责店面。

　　有一天，我去一家社区超市里买东西，打算顺便看看公司产品的摆放位置。这时，我突然看到孙然一个人站在不远处的地方发火。我连忙跑了过去问："你们产品也开始查店面了？"

　　"我知道我这条线虽然并没什么竞争对手，但也不能放在角落里啊，起码也要摆在货架上啊！"孙然带着我找到了超市的负责人，并与他理论。

　　"我是这家产品的负责人，中间位置的商家给了你们多少钱？就给我们这样的位置？"孙然理直气壮地质问着超市负责人，而超市的负责人居然连声赔礼道歉，并马上派人重新摆放他所负责的产品，这让我非常惊叹。

　　原来，主管并没有跟我讲过有关超市摆货架的事情，所以我从来不知道摆货架也是很有讲究的。更让我没想到的是，孙然对待工作如此的认真负责。

　　后来孙然跟我说了这样一段话，让我恍然大悟，并觉得很羞愧。

　　"我并不只想做一名实习生，多学一点总没有坏处，我从那些分公司代表那儿学到了很多知识，并充分地运用到了实际当中，这才是实习的真正意义。"孙然笑了笑说道。

　　原来，我一直觉得自己只是一个实习生，所以做事不用太认真，更不需要努力。出了事情，有领导扛着，也不需要着急认识新同事，更不需要建立什么商业合作伙伴关系，正是这些个不需要，让我从来没有思考过实习的真正意义。

　　实习，就是实践学习的过程。其实，实习对于每个学生来说，都是一个很好的学习机会。学生临正式步入社会前，可以通过实习期接触和适应这个社会，这同时也是认识社会的过程。通过实习期，学生可以在工作过程中，清楚自己的优势和劣势，以便于未来的就业方向的选择。实习为自己寻找到一份满意的工作打下基础。

　　不要只当自己是一名实习生，态度很重要。

第四辑
一只猫的生财之道

倒过时间

　　杨可不仅是一家公司里的软件编程技术人员,他同时还经营着一家维修电脑的小店。

　　他不停地奔忙于公司、小店以及家庭之间,这几乎占据了他一天所有的时间。但凡他能在这 24 个小时中抽取一个小时,哪怕只是一分钟,他也会把所有的精力倾注在音乐创作之中。

　　如果说工作是为了物质生活,那么音乐创作就是他的精神生活。其实,杨可并不擅长写歌词,他只是喜欢创作曲子,而他又渴望他创作的曲子能够演唱出来。就这样,他开始网上寻找一个可以与他搭档的人,专门负责写歌词,两人合作创作。

　　不久,他便在网上寻找到一个志同道合的人,她就是陈雪。陈雪擅长歌词的创作,当她因苦于自己不会作曲而发愁时,偶然间在网上看到了杨可发的帖子,便马上与他取得联系。就这样,他们在了解彼此后,便在一起高兴地合作了。

　　陈雪虽然年仅 19 岁,但那时她已经小有名气了。文笔出众的她曾多次参加有关诗词、写作的比赛,取得不少奖牌。她写的歌词令杨可爱不释手,每次都会拿着陈雪写的歌词兴奋地跑到音乐设备前,埋头努力创作。

所有的果实，都曾是鲜花

当时，他们确实创作了很多不错的歌曲。一直到后来，杨可自始至终认为这些作品无可取代。

有一天，陈雪没有课，她一如往常地去了杨可的家里，发现杨可正在发呆。她上前拍了拍杨可的肩膀，杨可这才缓过神儿来，陈雪连忙问杨可发生了什么事。原来，杨可是对自己创作音乐这条路产生了质疑。他虽然创作了很多好听的曲子，但是他并没有任何渠道让这些曲子成为唱片。在那个年代，网络刚兴起，使用网络的人还是很少。尽管他曾试着在网络上发过一些帖子，可最终都石沉大海了，杨可开始为自己的音乐之路感到迷茫。

陈雪看着有些气馁的杨可，突然问了一句话："想象一下你五年后在做什么？"

杨可愣了一下，似乎并没有反应过来陈雪说的话里面的意思。陈雪笑了笑："告诉我，在你心里最希望五年后的你在做什么，你那个时候的生活是一个什么样子？"杨可还来不及回答，陈雪便接着说道："不要着急，你可以仔细地想一下。等完全想好了，你再回答我这个问题。"

杨可看着陈雪一脸认真的表情，他默不作声，开始思考着陈雪提出的问题。在杨可沉思了五分钟后，他告诉她："五年后我希望能有一张属于我的唱片在市场上发行，并且这张唱片很受人们的欢迎，可以得到许多人的肯定。那时候，我一定会在一个有音乐熏陶的地方，天天与一流音乐创作人为伴。"

陈雪看着杨可的眼睛，认真地问道："你确定了吗？"

"是的。"杨可坚定地回答。

陈雪接着说道："好，既然你确定了，我们就把这个目标倒着算。如果第五年你有一张属于自己的唱片在市场上发行，那么你第四年一定要跟一家唱片公司签上合约。那么你第三年一定要有一个完整的作品，可以拿到很多唱片公司听，对不对？"

第四辑
一只猫的生财之道

杨可没有任何反应，认真地听着陈雪假设。

"那么你在第二年一定要有很棒的作品开始录音。你在第一年的时候，一定要把你所有准备录音的作品全部编曲，排练就位准备好。也就是说，在你第六个月的时候就要把手头上那些没有完成的作品修饰好，然后你可以逐一进行筛选。这也就是说，第一个月你就要把目前这几首曲子创作完成。"

杨可有些惊讶地看着陈雪。

"我知道你现在很迷茫，不知道自己应不应该继续下去，但是你有没有想过，你的设想终有一天会成为现实，虽然现在没有渠道，但是我们可以先准备好啊，等到有渠道的时候，不至于手忙脚乱，无从下手。"陈雪笑了笑，杨可恍然大悟。

"还有，你刚刚说你五年后要生活在一个充满音乐的地方，然后与很多一流音乐大师在一起工作。那你第四年应该先有一个属于自己的工作室，这也就是说你在第三年可以先试着与这个圈子里的人接触，那么你第二年应该不是住在这里……"陈雪说到这里，杨可兴奋地跳起来。

他马上向公司递交了辞职信，离开了这个城市，去了充满音乐的城市。

陈雪当年假设的那些话，深深地印在了杨可的脑子里，他开始按照这个设定规划着自己的未来，每一步几乎都按照当初的设定而顺利完成。虽然时间上可能与计划有些冲突，但是并不影响他追求音乐的梦想。

最终，他成功地走向了音乐唱作人的道路。当他站在音乐颁奖典礼台上时，他手中捧着奖杯，激动地说："我最感谢的是我的搭档，如果没有她当初的"假定未来"，我就不会成功实现我的梦想。"

人们一直过着既定的生活，却没有想过未来的样子。不如试着倒过自己的时间，也许你会有不一样的未来。

所有的果实，
都曾是鲜花

考研之战

对很多大学生来说，大三是最关键的一年。他们面临着就业还是考研的重要选择，就业有就业的好处，考研有考研的优势。每当面临着两难选择时，学生们总是不知道该何去何从。

我今年也大三，同样面临着这个选择。从走进大学校门那一刻起，我就已经选择了考研这条路，这可能是我与其他同学的不同之处。因为我考上的专业并非理想中的专业，为了实现我的文学梦，我毅然决然地选择了考研之路。

此时此刻，身边的很多同学已经开始寻找实习工作，还有为数不多的同学跟我一样选择了考研。我选择好了想要报考的学校和专业，买好了复习的各种书籍，开始备战。

考研是一场持久战。从选择考研的那一刻开始，就像走上了一条长征之路。刚走在这条路上的时候，我觉得自己很兴奋。对于各种与考研相关的信息我都会非常关注，还会主动去寻找各种网站帖子，希望可以找到一起备战考研的小伙伴。然后，我给自己制订一个复习考研的计划，列一张满满的复习表格，用来提醒自己，时刻记住自己的任务。

最初的三个月里，我严格按照制订的考研计划表完成复习任务。那时

第四辑 一只猫的生财之道

候我觉得很满足,每天复习着书上的知识点,完成一项,并在那条任务的后面画上一个对号,幻想着考研之前的那天把上面的表格画满对号,荣誉感和成就感便冲上心头,热血澎湃。

每当聚会的时候,朋友们都会问道:"怎么这么长时间没有见到你了?"我都会抱歉地回答:"我在家里复习考研,实在是太忙了。"每当这时,朋友们便会对我刮目相看,心中自豪感无比强烈。

然而,时间是消磨意志的一把利刃。三个月后,我有些坚持不住了。

最近一段时间,我处于一种非常懈怠的状态。我开始变得什么都不想做:不想看书,不想上课,不想做作业,甚至有了放弃考研的念头,而且这种状态愈演愈烈。

刚冒出这种想法的时候,我对考研是三天打鱼两天晒网。逐渐地,我连"三天打鱼"的活儿都不想干了,今天推明天,明天推后天……如此循环,拖延情况越来越严重。

其实,考研是一个极其枯燥乏味的事情。每天都要重复着昨天要完成的任务,看书、背书、做题、分析,这种死循环的状态就像是寺庙里的和尚,每天敲钟、念经,毫无乐趣可言。在这个信息爆炸的时代,各种新鲜事物充斥着我们的生活,就连寺庙里的和尚都难以清心寡欲,更何况依然生活在世俗当中的我们呢?

在复习的前三个月,大脑一直在不停地飞速运转,所以当我停下手头的复习任务时,不自觉地会拒绝一切要动脑子的事情。我每天看各种电视剧和电影,以此消磨时间。因此,那些个电视剧和电影的内容我只是一览而过,时常似懂非懂。后来,我索性就不看这些,玩手机,刷网页,浏览一下毫无意义的信息,碰到有意思的还会笑两声。偶尔还会约上三五好友、闺蜜出门购物开心。朋友们对我的转变感到好奇,对于他们的疑惑,我给出的回答是:"劳逸结合,我不能总是埋在书堆里啊。"就这样,一天很快就消磨殆尽。

所有的果实，都曾是鲜花

时间飞逝，就这样，两个月时间很快过去了。拖延症的实质只有两个：一是逃避；二是相信自己临时抱佛脚的功夫。我开始变得越来越懒惰，所有的事情也是一再拖延。拖延只是不想做一些需要做的事情，而懒惰就是什么事情都不想做的表现。

每天睡到自然醒，有时候连饭都懒得去吃。躺着玩一会儿手机，不然就是睡觉，总是昏昏沉沉；没有睡醒的时候，就算是起来，也会顺手打开电脑，然后坐在电脑面前发呆许久，因为并不知道自己要干什么。浑浑噩噩之中，自己变得愈发颓废，俨然没有了当初那种斗志昂扬的感觉。而此时距离考研，还有不到六个月。

有一天，我与一个上学时候比较好的同学见面。我们已经有近七个月没有见面了，她选择了实习，准备毕业后直接工作。当我看到她的时候，见她一身整齐的西装坐在我对面，显得非常精神。看到这个样子，我心生羡慕，甚至有些后悔当初选择考研。

在交谈当中，我了解到她最近的情况。原来，自工作以后，她变得非常忙碌，很少有自己的时间。工作中除了忙碌之外，就是面对工作中的各种难题。如果做不好，就会遭到领导的一顿狠批。当然，大学毕业了，她要学会独立面对生活，每个月"微薄"的薪水只够勉强度日，她学会了精打细算。

听着对面的她满腹牢骚，我突然意识到，我是如此的幸福。临走的时候，她对我说了这样一句话，让我彻底醒悟："珍惜吧，小伙伴，上学的日子是最幸福的日子。我最后悔当初没能为自己的梦想努力奋斗，而现在，现实会将我的梦想一点一点磨灭。趁着有机会实现它，你要加油了！"

目送着她离开后，我站在原地许久，想起我最初的梦想，反思我现在的行为。想到这里，我转身向家的方向狂奔，因为我要去继续实现我未完成的梦想。

追逐梦想需要行动。我继续开始我的考研之路，再次拾起桌上已经落

了灰尘的计划表。我相信天道酬勤，心中怀揣着美好梦想的憧憬，终会实现。

我经过不到六个月的艰苦奋斗，最终打赢了这场战役。我英勇的突出重围，实现了目标，走向崭新的未来。

考研其实并没有想象中那样令人遥不可及，困难的是学生们在通往考研之路上的各种挑战。耐得住寂寞，忍得了诱惑，勤奋刻苦，抛却杂念，你就会离目标越来越近。很多考研的学生都由于这些关键点而失败，而非能力问题。

如果此时此刻的你，正在面临着考研难关，希望你坚持住，胜利就在你的眼前！

所有的果实，
都曾是鲜花

母爱无言

  在这个世界上有一种爱，总是默默地付出，悄无声息，或许你永远也不会感受到它的存在。这就是母爱，对自己孩子细心呵护，任劳任怨，不求回报，母爱无言。

  还记得朋友讲过一个故事，故事发生在他的一个同事身上，他至今对这个故事记忆犹新，他同事的母亲很伟大。

  他同事原来是一个寒门学子，他家是偏远农村里的特困户。虽然生活贫困，但是家里始终是其乐融融。幸运之神似乎遗忘了他们的存在。

  在他刚上小学的时候，父亲因一场大病而离世。只留下了尚且年幼的他与母亲相依为命。由于家境困难，娘儿俩只能将父亲的后事草草办理，仅用了一堆黄土送走了他。送走父亲后，期间曾有人给他的母亲介绍好人家，但母亲并没有选择改嫁，独自抚养儿子长大。

  在过去那个年代，农村还没有通电，家家户户晚上使用油灯照明。他每天晚上在家里的饭桌上，映着油灯发出的昏黄的灯光学习功课；每一次他的母亲都会陪在他身边，有时候会拿着针线为他缝补破旧的衣衫。

  时间一天天地过去，他逐渐长大，在学校成绩优异，家里斑驳的墙壁上贴满了他获得的一张张奖状。母亲每次看到墙上的奖状时，她望着已经

第四辑 一只猫的生财之道

高出自己一个头的儿子，布满皱纹的脸上露出欣慰的笑容。

正值夏季，儿子从学校激动地飞奔回家，他一把抱住了正在干农活的母亲，母亲一个趔趄，险些摔倒，他兴奋地说："娘，我考上县重点一中了。"

母亲自然是高兴，同时也有些为难。因为此时的她患上了非常严重的风湿病，不能再干农活。为了能让儿子安心走进学校的大门，她愣是咬着牙让儿子上了县重点一中，东拼西凑给儿子筹学费。县一中距离他所在的村子很远，需要住校学习，学生每个月都必须带30斤大米交给学校的食堂来作为自己的口粮。他深知家里的难处，不能拿出这些米来，思虑再三他对母亲说："娘，这个学我不念了，我回来帮你干农活。"母亲明白他的心思，摸了摸他的头，疼爱地说道："你有这份心，娘就知足了，但是这个书你必须读下去，读了书考上大学，你未来才能有出息。"他有些执拗，固执地说不去，这让母亲忍不住挥手打了他一嘴巴，这是他生平以来第一次被母亲打，是因为他的愚孝。

他还是听从了母亲的话，去学校念书，送孩子进学校大门时，母亲一直望着孩子远去的背影，直到背影消失，她依然站在原地。她在默默地沉思，想着孩子的口粮。

没过多久，母亲气喘吁吁地赶到了县一中食堂，将肩上的一小麻袋口粮放在了地上。负责称重登记的食堂老师傅将麻袋打开，抓起了一小把米放在手上看了看，立刻眉头紧锁："你们这些做家长的，总爱贪小便宜，你自己看看，里面什么米都有，都成杂粮了，你让我们怎么煮？"母亲的脸变红了，连忙向老师傅道歉。老师傅见她态度很好，并没有再说什么。

她又从兜里掏出了一个包裹严实的手绢，里面仅放着5枚一元硬币。她颤巍巍地交给老师傅说道："老师傅，这是五块钱，是我儿子这个月的生活费，麻烦您转交给他。"老师傅用手掂了掂这五枚硬币，似有些嘲讽地摇了摇头，这更让她有些无地自容。她支吾着道谢，便一瘸一拐地离开了。

就这样，每逢月初，他的母亲都会背一袋米来，可每一次袋中的米都

所有的果实，都曾是鲜花

是杂色米，老师傅每次都会提醒她不要再掺杂其他的米了。

终于有一天，老师傅忍无可忍，冲着她发脾气："你这个家长怎么这么冥顽不灵啊，都跟你说了不要杂色米，还往这儿拎，今天你怎么背过来，就怎么给我背回去，这里不收！"

母亲并没有被老师傅这一声厉喝吓到，因为她早有预料。她双膝一弯，扑通一声跪在老师傅面前，两行热泪顿时夺出早已凹陷的眼眶："老师傅，我实话跟您说吧，这米……是我讨饭讨来的，对不起，家里实在是拿不出来……"此话一出，老师傅大吃一惊，半晌说不出话来。

母亲坐在地上，挽起了裤腿，露出了一双肿大变形的腿，然后抹了一把泪说道："我得了晚期风湿病，平常连走路都成问题，干不了农活。我儿子很懂事，想退学回家。他学习那么好，我哪能让他荒废自己的学业啊。他爹走得早……"她向老师傅解释前因后果。

其实，自打儿子到县城里上学，母亲就马上回家筹米。为了不让儿子知道这件事，她每天天蒙蒙亮，就揣着空米袋，拄着棍子悄悄到十多里以外的村子去讨饭，然后挨到天完全黑了，才赶回村。她将讨来的米攒了起来，自己总是因吃不饱而忍饥挨饿。等到月初，将凑够的米背到学校……

老师傅听着母亲的絮叨，早已潸然泪下，他赶快扶起这位伟大的母亲，并说道："你是一位好母亲，我马上跟学校说，让学校给你家捐款。"母亲连忙摆手，乞求老师傅不要这样做，她不想让儿子知道自己的难处，不然会影响他的学业，他的自尊心也会受伤害。

最终，校长还是知道了这件事，马上以特困生的名义减免他三年的学杂费与生活费。三年后，他以高分考入了清华大学。

就在毕业典礼上，校长邀请食堂的老师傅上台，老师傅手里紧握着三个米袋子讲述了一个故事，一位伟大的母亲为了儿子能够上学有饭吃而四处讨米。台下鸦雀无声，都在想这是谁的母亲，而坐在台下的一位同学已经泣不成声，因为他已经猜到，故事中的母亲正是他的母亲。

第四辑
一只猫的生财之道

  校长情绪激动，眼含热泪说道："这三袋米，是世上多少钱都换不来的。它包含着这位母亲对于儿子的期望，因为这种期望，她不惜尊严低声下气地去乞讨，只是为了儿子能够在学校有口饭吃。足以见得，这位母亲积攒了多少勇气才做到这样。"
  这是母亲对孩子的爱的勇气，这勇气已然化作支撑的力量。从始至终，母爱无言，伟大的让所有人心疼。

所有的果实，
都曾是鲜花

画老虎的人

古语曾说："不入虎穴，焉得虎子。"所言非虚，曾经真的有一位少年不畏艰险，寻找老虎这只猛兽。

这件事情，还要从他小时候说起。他自幼酷爱绘画，尤其是有关动物的绘画。这也许跟他成长的环境有一定的关系，他从小在村庄中成长，这里的很多户人家都会养一些牲畜家禽。他经常接触这些动物，对动物的习性有很深入地了解。

他擅长画牛，在他笔下，每张牛的画作都非常生动逼真。因为对于牛的生活习性非常了解，所以他画牛得心应手，各种状态下的牛，他都能画得很到位，并深受村里人的称赞，这让他很高兴。

可是，牛是乡村山野中最为常见的动物，所以他画得这些有关于牛的画作，并不受一些名门权贵的欢迎。因为在他们看来，将一张牛图挂在家里很不雅观，与乡野村民并没有什么分别，尽管他把牛图画得栩栩如生，人们也都不会购买。

这让信心十足的他感到很沮丧，因为除了牛之外，别的动物也都是村里常见的，也不可能受到达官显贵人士的喜爱。因此，他的牛图画作很少有人问津。

第四辑
一只猫的生财之道

就在他有些发愁不知道怎么办的时候，他听说有人需要老虎图，他马上跑去问原因。原来，有一个大户人家的老爷喜欢老虎这只猛兽，并听说在宅里的厅堂里只有挂上一幅老虎图，才能显得府邸更具威严。一些雅士们在喝酒闲聊时，也在谈论关于老虎的事情，他们认为老虎这种猛兽可以表达自己富有野心的理想抱负。

他开始认真思考这个问题，觉得自己应该涉猎更广泛一些，这样自己的绘画功底才能有进一步的提高。就这样，他为了拓宽自己的绘画方向，也为了适应上层权贵雅士的需要，决定开始学习画虎。

可是，画虎并不是一件容易的事情，它与画牛不一样。牛这种动物，他经常能在村里看到，所以了解习性，自然是很容易绘画的。而老虎这种猛兽生长在深山荒岭当中，并不是容易见到的，更不可能了解到老虎的习性。所以他只能凭着自己在脑海中想象着老虎的样子，在纸上画了画。

开始时，他画出来的老虎，总是不怎么像老虎，老虎在他的笔下一点生气都没有，也没有虎威和虎态。他不死心地反复画着老虎，一张又一张。然而，画来画去，图上的老虎反而更像是一头牛。这也不能怪他，由于他长时间的绘画牛图，画牛早已成为他的习惯。就这样，他拿着这些似虎非虎的画幅到街上去卖。当那些达官显贵听说他画老虎图之后，赶紧凑过来，结果发现画上的老虎竟然"四不像"，这让他们很失望，并嘲讽他说："这哪里是老虎啊，分明就是'笔下画虎非似虎，像牛像猫讨人笑。'"这让他很羞愧。

遭受了这样的打击后，他回到家中闭门不出。他并不是因为那些人的嘲笑后选择了退缩，而是在想画真虎的办法。诚如他们所说，他画的老虎的确是"四不像"。但是要画真的老虎，就必须了解老虎的一切，包括它的形象、动作、神态、习性等，缺一不可，不然老虎再怎么画，也不会生动形象。

他突然有了一个大胆的决定，他一定要把死老虎画成活的、真的老虎，

所有的果实，
都曾是鲜花

所以他要亲自去老虎穴一探究竟。

从此，他每天一早都会备足干粮和水，以及笔墨纸砚，因为他要去村后面的山里去找老虎。老虎这种猛兽经常出没于深山野岭中，他仗着自己的胆子还算大，试着往更深处走去。然而，老虎好像是不愿意与他见面一般。他一连跑了好多天的深山荒岭，连老虎的影子都没有看到。

他有些气馁地下山，就在这时，他碰见了附近的山民。在与山民的闲聊中得知，像老虎这种猛兽一般习惯白天潜伏在深山密林中休息，只有到了晚上的时候，才会动身出来捕食猎物。山民的一席话，点醒梦中人。他高兴地赶回了家，决定晚上露宿在那里，等待老虎的出没。

他再次来到深山当中，寻找了一棵树干粗大的树木，并爬了上去，在树的上面搭建了一个比较隐蔽的简易棚子，让自己可以居住下来，方便观察老虎的习性。

暮色降临，老虎果然出没了，这让他非常激动，他马上观察老虎出没时候的情形，并注意观察老虎的动作细节，包括老虎的各种状态，如：坐、蹲、立等，还有它扑食猎物时候的样子。并将这些观察到的内容记录在纸上，这为他后来画老虎积累了很多素材。就这样，他一连观察了很多天，才舍得离开。

拿着记录的成果回到家后，他开始试着模仿老虎的习性。还特意向猎户买了一张老虎皮，以便自己观察老虎身上的细纹，让自己的画作更加逼真。

经过他这一段时间的深入"老虎穴"的生活，让他真正了解到了老虎，并开始以虎作画。画老虎的技艺确实有了很大长进，每一只老虎在他的笔下开始变得虎虎生威，栩栩如生，宛如一只真的老虎在上面。

他绘画的猛虎下山、饿虎扑羊等老虎图深受人们的喜欢，昔日嘲讽他的人对他刮目相看，一些大户人家、达官显贵、雅士争相购买他的画作。从此以后，他用大半生的时间游历了很多名山大川，见识了更多飞禽猛兽，

最终成为一代绘画名师。

  这个敢于深入荒山密林的人，便是五代画虎名家厉归真。他执着的追求逼真的绘画精神，才造就了绘画超群的名家。

所有的果实，
都曾是鲜花

微笑着活下去

她是一名很平易近人的大学老师，在她的举手投足间透着一种优雅的感觉。尤其是她笑起来的样子，就像是一朵白玉兰，亲切而又美好。

其实，学生们并不知道老师笑容背后的苦涩。

多年以前，她刚刚搬到这里不久，周围的人并不熟悉这个女人。直到有一天，他们发现了她家里还有一个患有癫痫病的女儿。她的女儿很可怜，这个疾病总是反复地发作，不断地折磨着孩子。她没有一点办法，孩子的痛苦令她心疼不已。

有一天，女儿的癫痫病突然发作起来，样子很是吓人。女儿浑身都抽搐着，嘴里还流出了白色沫子，倒在她的怀中。一群人马上围了上来，她在别人惊异的目光中，不慌不忙地为女儿掐着人中，为她擦拭着嘴上的白沫子，并给女儿喂食药品，缓解女儿的状况。过了一会儿，女儿才缓过劲儿来，并脆弱地望着她。年幼的女儿看着周围一双双心疼她的眼神，她深知这是他们在同情自己的悲惨遭遇。女儿努力微笑地看向他们，表示自己已经没事了。

她搂着怀中的女儿并亲吻着女儿的额头，微笑着说道："没事，宝贝会好起来的。"拉起女儿的手，从容地走出人群，举止优雅，气度从容，

第四辑
一只猫的生财之道

好像从来没有发生过这件事情一样。

她就是这样一个要强的女人,她希望所有人看到她的时候是微笑着的,那个笑容里充满了她对生活的希望和憧憬。

世事难料,不幸再次降临到这个女人的身上。女儿11岁的时候,她的丈夫在下班时,发生车祸。在送到医院的时候,因严重受伤,经抢救无效后死亡。她一时间不能接受失去丈夫的现实,因为她与丈夫非常相爱,感情深厚。接到噩耗的她心痛不已、泣不成声,甚至连续几天米水未尽。她人瘦了一圈,也憔悴了很多。

认识她的人从来没有见过她如此的伤心,这件事对她打击很大。人生不如意的事情十有八九,生活中难免会碰到各种不幸的事情。可是,丈夫的去世,对她而言,简直就是一场毁灭性的灾难。

虽然这场灾难与她不期而遇,但是她并没有被不幸击垮。她振作精神,调整好自己的情绪,她并不希望自己就此沉沦,同时也不想让挚爱她的学生看到她如此憔悴悲伤的面容。

就这样,她结束了自己的休假,重新回到了大学讲台上,学生并不知道她因为什么而休假,只知道她有什么重要的事情需要办。

站在讲台上的那一刻,当她面对爱她的学生时,她的脸上依然露着如往日那般平和优雅的微笑。

经沉重的打击后,她决定暂时放弃她的事业。她带女儿求医问诊,因为她不信女儿的病没有办法治愈。她和女儿去了很多地方,遍访名医,其中的辛酸可想而知。不过,她始终没有放弃治愈女儿的念头。每当女儿病发的时候,她还是会像原来那样,用微笑鼓励着女儿战胜病魔。

功夫不负有心人。她找到了一个老中医。这位老中医曾经治好了多名癫痫病患者,当她听说了这个消息后,热泪盈眶,激动不已。女儿在老中医的精心治疗下,病情得到了控制,她耐心地护理着女儿,女儿的病逐渐好转,最终痊愈。

所有的果实，都曾是鲜花

在这个过程中，她又遇到了一个爱她的男人，并且这个男人对自己的女儿也非常疼爱。她仿佛看到了生活的新希望，一个美好的未来。

女儿自从病好后，重新回到了学校学习。她通过自己的努力，考上了一所理想的大学。一家人一起庆祝女儿考上大学，她沉浸在喜悦和幸福之中。

当她回到学校任教时，她做了学生的心理辅导老师。她用优雅而又具有亲和力的笑容，融化了所有学生心里的坚冰。

有一次，一个女学生因失恋而割腕自杀。由于发现的及时，女学生被抢救回来。她已心灰意冷，病房里，女学生一言不发地望着窗外。在这时，她走了进来，坐在病床前。她望着女学生手上的伤疤说道："人只有活下去，才能够看到未来的希望。再痛的伤，总有过去的一天，翻过这一页去勇敢面对新的生活。这就是我们的人生，尽管坎坷，我们都要微笑面对。"

认识她的人终于明白，她为什么会始终保持着自己的微笑。因为在她的笑容中，你会发现无限的美好，你会发现无尽的未来。为了美好的未来，她坚守信念。用微笑面对生命，让生命一直精彩绚烂。

第四辑
一只猫的生财之道

小个子的篮球梦

在 NBA 赛场上，活跃着一个矮小的身影，他灵活地穿梭在巨人的中间。观众台上的人们无一不惊讶地看着这个小个子队员，人们万万没想到一个身高只有一米六的人，也可以打进 NBA 的赛场。

这个 NBA 里最矮的球员，就是夏洛特黄蜂队中的优秀篮球运动员——蒂尼·博格斯。

博格斯从小就酷爱篮球，那时候，他手中拿着小皮球在地上跑来跑去，不断地拍打皮球，并扔向用铁质衣架制成的篮球框里。投中了，他的脸上就会露出激动喜悦的表情，因为他觉得这项游戏可以给他带来满满的荣誉感。他热爱篮球，他梦想将来某一天能够成为一名篮球队员。

梦想会相信心的力量，梦想的种子在他的心中逐渐生根发芽。在他八岁那年，他终于拥有了第一个真正的篮球。那一晚，博格斯兴奋了很久，彻夜未眠。在那之后，这个篮球就再也没有离开过他的视线。无论是吃饭、睡觉，还是做任何一件事情，他都要带着篮球一起行动，这个篮球仿佛跟他合二为一了，他们难舍难分。

有一次，他的母亲让他出门倒垃圾。他习惯性地将篮球拿在手中，左手拎着垃圾袋，右手运球，在路上欢喜地玩耍着。他一个不小心，球没有

所有的果实，都曾是鲜花

拿稳，碰到了左手的垃圾袋，弄得地上的垃圾遍地都是。正巧，他的父亲从此经过，看到他如此狼狈不堪，将他严厉地训斥一顿。尽管如此，他也没有因此放下篮球，依旧我行我素。

中学时候的博格斯，在同龄的孩子中属于个子比较矮的学生，并无身高优势。即便是这样，他也从来没有忘记过篮球运动员的梦想。

可是，现实的问题摆在他面前，一个个头不高的人要去 NBA 打球？这种不切实际的想法，经常会遭到其他人的嘲笑与讽刺，他们忍不住大笑，说道："你说的这个笑话，真是太好笑了。"在他们看来，身高只有一米六的人，篮球运动员的资格都不具备，怎么还妄想着去 NBA 打球？

博格斯并没有反驳，因为他觉得没有这个必要，这是他的梦想。他相信自己的未来能够实现它，这就足够了。他只是笑了笑，一如往常地去追求自己的梦想。

每天他会花很多时间来练习篮球，他常常在篮球场上废寝忘食地练习着各种打篮球的技能。他知道自己的身高是成为篮球运动员的致命劣势，所以他只能从其他方面来弥补这个劣势。想到这些，他更加刻苦地去练习。

进入大学后，因为他卓越的组织指挥能力而被人们熟知，还因此获得了一个绰号：马格西，意思就是他能够死死缠住对手，是一个很厉害的角色。

虽然个子矮，但因他出色的篮球绝技，在 1986 年成功入选了美国队，正式成为了一名篮球队员。在一场西班牙举行的世界男篮锦标赛的决赛中，他凭借着自己出色的运球绝技和自信，在篮球场上奋起直追，反超苏联队。他镇定自若地奔跑于队友之间，并鼓励着队友们不要慌张。最后，博格斯所在的美国队以两分的优势成功战胜了苏联队。

世锦赛这一战让博格斯的名声大振，各国体育媒体争相采访这个"小个子"的运动员。很多人都很好奇，这个"矮个子"是怎么成为一名篮球运动员的，究竟是怎样的力量支撑着他不断地前行。博格斯在媒体采访中对这个问题统一进行回复："和其他篮球运动员相比，我的个头的确是太矮了。想要在这个高水平的职业篮球赛中闯出属于自己的一番天地是很不容易的。不过我知道，篮球这项运动并不是专门为高个子的人准备的。只要酷爱篮球运动，有篮球才华的人都可以打。"

梦想在潺潺流逝的时间长河里，用心奔腾，便会创造奇迹，博格斯成了篮球比赛史上的一个传奇。自博格斯成为篮球运动员明星后，那些曾经嘲笑和讽刺过他的人开始向别人炫耀自己曾经与博格斯一起长大，并与他一起打过球。

后来，博格斯作为职业篮球运动员与夏洛特黄蜂队签约，他成了黄蜂队的一员悍将。他在赛场上挥汗如雨、勇猛进攻，并且他组织有方，多次带领团队在比赛中取得优异战绩。他名副其实地成为黄蜂队最具价值的一名篮球运动员。

他不仅是 NBA 赛场上最矮的篮球运动员，同时也是表现最杰出的运动员。他是失误次数最少的后卫之一，他的控球、投球技术一流。他面对进攻毫无畏惧并且能够沉着冷静地去应对。

人们纷纷感慨博格斯的成功，这同时也给那些不甘于现实中的处境，不甘于生活中的无助，希望借助梦想到达心中所想的人带来了希望，鼓励着他们为梦想不断地前行。

所有的果实，
都曾是鲜花

小石头的舞蹈梦

　　小石头从小就是一个命苦的孩子。他的父亲腿部有残疾，不能干重活；而母亲患有精神病，生活不能自理，更别说照顾孩子了。

　　对于一般孩子而言，父母是孩子最强壮的大树。在孩子的成长过程中，父母为他们遮风挡雨，解决一切问题。可是，小石头没有这样的大树，他需要照顾父母，让自己成为父母的那棵大树。都说穷人家的孩子早当家，小石头五岁的时候，他就学会了干家务活和做饭。同龄的孩子在外面无忧无虑地奔跑玩耍时，只有他在家里忙前忙后地干活。他经常遭到村里其他孩子的嘲笑、辱骂和追打。没有一个孩子愿意和他玩，小孩子们还时不时地耍弄他，往他的身上扔泥巴。他躲闪不及掉入了臭水沟，孩子们纷纷嘲笑他，他狼狈不堪地跑回了家。他蜷缩着坐在角落里，抱头痛哭。因为在别的孩子眼里，他就是一个人人可以耍弄的小丑，被人捧腹的笑料。

　　七岁那年，他与同龄孩子一样，上了村里的小学。可是，班里没有一个人愿意和他坐在一起，他就像一块被人们遗忘的石头，总是孤零零的一个人。他开始变得孤僻，不爱说话，更加内向。久而久之，大家也就忘了他的名字，还给他起了个外号叫"石头"。在别人的眼中，他就是一块儿又傻又笨，不会说话的石头。

第四辑
一只猫的生财之道

　　小石头没有兴趣和爱好。从他记事开始，他就一直帮家里干活，根本没有时间和精力去想其他问题。

　　有一天，他早早把家里的活干完，独自一人去村上的大队看电视。电视里的一档舞蹈节目深深吸引了他，他目不转睛地看着电视上演员优美轻盈的舞姿。回到家后，电视中的场景仍在他的脑海中回荡，久久不能忘怀。他对舞蹈产生了浓厚的兴趣，他试着模仿着电视中演员跳的舞蹈动作。只要有时间，他便废寝忘食地练习舞蹈动作。他醉心于舞蹈，因为他终于找到了自己的兴趣所在。他开始变得快乐起来，不再孤单。

　　在他的心中有了一个梦想——那就是成为一名舞蹈演员，登上属于自己的舞台。

　　到了初中，家里实在是没有闲钱供他继续求学，只能让他回家务农。在退学的那天，学习成绩优异的小石头眼含热泪，在学校门口徘徊了许久，不想离开。这时，他的班主任王老师气喘吁吁地向他跑来塞给他一张小纸条。小石头看完纸条后，泣不成声，深深地向老师鞠了一躬，然后头也不回地朝家的方向走去。

　　也是从这天起，年仅十四岁的他成了家里唯一的劳动力。为了补贴家用，赚到更多的钱，他背上行囊去了县城的一家煤场做工。

　　煤场的工作非常辛苦，他需要每天打制煤球，挥臂上千次。然后，他需要把这些打制成型的煤球搬到板车上，推送到客户家中。他每天都要坚持完成这些工作，原本就瘦弱的身躯，经过这样的折腾，就显得更加单薄了。

　　劳苦作业后，他的身体跟散了架一样，每当自己没有力气的时候，他就会想到班主任老师写给他的那张纸条，然后身体就会重新充满了力量，让他继续坚持。再累再苦，他都会挣扎着爬起来，穿着一身黑黢黢的工作服在空地上练习着舞蹈动作。他的这一行为被工友们无情地取笑，并且嘲讽他说道："你这只一身煤渣的黑熊，居然还想跳什么舞蹈？真是白日做梦。"

所有的果实，都曾是鲜花

对于这样的讥笑，小石头已经习以为常了，所以他并不在乎，依然坚持着每天练习舞蹈，尽管工作再累，他都没有间断过练习。他时刻地记着班主任写给他的那张纸条，因为那张纸条中的话语在他心中来回激荡。

就这样，他在煤场坚持干了整整五年，每次赚到的钱他都会补贴家用。在煤球厂工作时，他创作了很多好的舞蹈动作，并在舞蹈中加入打煤球、铲煤的动作元素，让他的舞蹈看起来非常生动。付出终有回报，他开始渐渐地有了自己的"粉丝"。他仿照国外在街边跳舞的模式，每次都会吸引许多人围观，人们为他优美的舞蹈而鼓掌，这让他很欣喜。

有一次，他跳完舞后，有人问他，为什么不参加一些电视节目。这一问像是惊醒梦中人，他早就有去大舞台去展示自己的舞蹈的想法。他抱着试试看的态度，参加当地电视台组织的一档节目。

在海选的时候，他穿了一身在煤场时的工作装，在台上跳了自己创作的舞蹈。当他跳完之后，评委和其他参加海选的选手为之惊叹，没想到他的舞姿可以这般曼妙。评委似乎对于他这一身装束感到疑惑，其他选手都光鲜亮丽地站在舞台上，唯有他是这样的造型。评委直言不讳地提出了问题，小石头笑了笑道："其实，我并不是故意不尊重评委的，之所以这身打扮，是因为我想展示真实的我，我不需要华丽的外衣来伪装自己。"评委们被他的从容淡定和自信所打动，对他非常满意。

就这样，他一路披荆斩棘、过关斩将，进了决赛的舞台，并凭借着自己的原创舞蹈夺得桂冠，获得了数十万的现金大奖，成为家喻户晓的石头哥。

有了奖金之后，他决定报班学习专业的舞蹈知识。通过两年的专业学习和刻苦练习，他终于学有所成。毕业后，他成立了自己的舞蹈工作室，拥有数千名学员。他在各项国际性比赛中，多次取得优异成绩。

天道酬勤，苦尽甘来。当他多年以后成为一名真正的舞蹈家时，他手上仍紧紧攥着一张早已褶皱不堪的纸条。他接受了媒体采访，并激动地说

道:"我的初中班主任曾经在我退学离校的时候给了我一张纸条,我保存至今,始终不敢丢弃,因为这不仅是老师的期望,还是我的梦想。"

在那张纸条上写着这样一段话:"法国最著名的石头城堡—希瓦勒之理想宫。在入口处立着一块儿石头,上面刻有一句话:我想知道一块儿有了梦想的石头能够走多远。"

所有的果实，
都曾是鲜花

一个小兵的将军之路

不想当将军的士兵，不是好士兵。这句话成功地在这个小兵的身上得到了印证。

在过去那种兵荒马乱的年代，对于一个国家而言，最需要的就是拥有一支强悍的军队。有了军队，才能抵御外敌或是攻占其他国家的领地。因此，朝廷常常下令征收士兵，让一些接近成年，身体健康而又没有残疾的男人服兵役。这对普通百姓来说是非常痛苦的，也可以说是残忍的。因为他们知道，服了兵役就要远赴战场，上了战场就意味着要面对流血受伤，甚至是死亡。

又到了一年的征兵时间，家家户户哀声载道。有的人家正在想办法怎样才能不去服役，有的人家还在为了家里的孩子要去服兵役而伤心痛哭，而只有一户人家传出了高兴的哼唱声。难道这户人家的父母疯了不成？怎么舍得自己的孩子去战场上冒生命危险。原来，他们发现，并不是这户人家的父母舍得让孩子上战场，而是这户人家只有一个人，并且还是一个孩子。

对于这个孩子，村里的大部分人还是比较了解的。早在这个孩子六岁的时候，父母在战乱中惨死，仅留下了这个孩子一个人在外漂泊。几经波折，

第四辑
一只猫的生财之道

才来到这个村子定居下来。村里的人都很善良，见孩子身世可怜，常常主动接济他，所以他也是吃百家饭长大的。

在听说这个孩子想要去服兵役的消息后，村里的老人觉得孩子或许没有意识到这个事情的严重性，所以他们好心的前去劝说这个孩子，言明事情的利害关系，让他找个地方躲一躲。但这个孩子并没有因为老人们的话而打消去当兵的念头，尽管他还差三岁才到征兵的年龄。

村里的人都很不理解他的想法，认为他还是一个孩子，不懂事。可只有他自己心里清楚，自己为什么如此执着。在他的心里一直有一根刺，深深地扎在那里。他记得六岁那年父母惨死的情形，他痛恨外敌侵占家园，他希望可以凭借自己的力量，守护家乡。

抵御外敌，时间紧迫。国家这次服兵役人数增多，对征兵的条件也放宽了不少，所以他如愿以偿地通过了征兵检查，但他单薄的身子依然可以暴露他的真实年龄。

从此，他开启了他的当兵生涯。

他跟随军队远赴战场，硕大的护甲几乎罩住了他整个身体，让他显得缓慢、笨重，他努力地跟上大部队的步伐。尽管一路上非常辛苦，稚嫩的小脚已经磨出了血泡，手上也磨破了皮，他都没有抱怨过一句，更没有想要放弃的念头。

带领军队的将军是一个有着丰富作战经验的稳重老成的人，他对待士兵就像是自己的亲人一样，在军队中非常有声望。将军时常亲自到军队中巡查慰问士兵们的情况。

有一天，将军像往常一样到士兵中巡查慰问，他突然发现了躲在角落里拿着武器比划的士兵。将军好奇地走上前去，这才发现这个士兵个子不高，身子单薄，最重要的是他居然还是个孩子。将军有些气恼，在心里不断咒骂着这帮征兵的家伙，居然连一个孩子都不肯放过。他有些心疼这个小兵，耐心地与这个孩子聊天。他知道了这个孩子的情况，原来他是自愿

所有的果实，都曾是鲜花

来到军队当兵的。

"孩子，你不怕死吗？这可不是闹着玩的。每个人一生只有一条命，失去了就再也没有了。"将军看着这个孩子，不想他去冒险，就拿话试试他。

"我知道，我的爹娘为了保护我，舍了自己的命，我想为他们报仇，我还想像你一样做个大将军，带兵守护家园。"小兵坚定的目光触动了将军的心，他忽然想起了年轻时候的自己，那时候的自己也同样怀有如此的抱负，为国为民，即便舍命也在所不惜。

"很好，我相信你未来一定会成为一名将军，甚至比我更厉害的将军。"将军拍了拍小兵的肩膀。

"真的吗？"小兵有些激动。

"真的，只要你肯吃苦，坚持到底一定会成功的。"将军有些欣慰，他没想到一个孩子能有如此抱负。

从此，将军将这个小兵带在了身边，教给他兵法作战等知识，每天训练他的作战能力。小兵除了将军教他之外，经常私下里反复练习。练累了，他便坐在地上想想将军跟他说的话，这让他又充满了力量。上了战场，小兵很勇敢，他将自己学到的功夫全用在了实战当中。

然而，战争并不像别的地方，危险程度可想而知，再勇猛的勇士也有流血受伤的时候，更何况是一个缺乏作战经验的年轻士兵。他在战场上多次命悬一线，险些丧命。但他时刻想着心里的目标，又挣扎着从鬼门关挺了过来。

战场上的摸爬滚打，让这个小兵渐渐长大，并走向成熟。凭借着他的努力和勤奋，加上在战场上的勇猛表现，他在军队中脱颖而出，担任了一些小官职。小兵为人热心善良，在战场上勇猛，他在军队中逐渐获得声望。骁勇善战的他，在大战中立了多次战功，并被朝廷嘉奖，不断提拔。

终于，他的官职越做越大，作战经验越来越丰富。在一次大战中带领军队杀出重围，并大获全胜，朝廷为了嘉奖他，封他做了将军。

第四辑
一只猫的生财之道

或许他的初衷只是为了当兵上战场为自己的父母报仇雪恨,然而在军队的生活中,他逐渐地明白,保家卫国更为重要。怀着这样的理想抱负,他坚持不懈,最终成功地实现了这个愿望,用自己的力量守护家园。

所有的果实，
都曾是鲜花

少年康熙智擒鳌拜

电视剧《康熙王朝》曾风靡一时，剧中曾有一个这样的故事。

清朝有位八岁登基的小皇帝，他在少年时期就挫败了当时的大权臣鳌拜。在其成年后，又先后剿灭三藩、收复台湾、三征准噶尔部首领噶尔丹，驱逐沙俄侵略军，并签下《尼布楚条约》，明确中国在黑龙江流域的领土主权，招抚喀尔喀蒙古。他奠定了清朝兴盛的根基，也开创出康乾盛世的局面，更有学者将他尊奉为"千古一帝"，他就是史称康熙大帝的爱新觉罗·玄烨。

在康熙帝尚未成年时，四位辅政大臣中索尼病故，苏克萨哈指控鳌拜圈地乱国反被鳌拜所杀，遏必隆则是一个事不关己高高挂起的"好好先生"，大权在握，天子年幼，这一切都让鳌拜更加肆无忌惮，为所欲为。

当时的康熙帝虽然已经亲政，但还只是十几岁的少年，鳌拜根本不把这个小皇上放在眼里，即便皇帝亲政，鳌拜也丝毫不想把辅政之权还给皇帝。据当时在清朝宫廷中传教的法国人白晋记载道，在康熙皇帝十五岁时，四位辅政大臣中最有势力的鳌拜掌控了大臣会议及六部，肆意行使康熙皇帝的权力。鳌拜大权在握，任何人都没有勇气对他提出异议。此时他已对康熙皇帝的皇位带来了严重的威胁，鳌拜也成了小皇帝的心腹大患。

第四辑
一只猫的生财之道

尚未成年的康熙决定铲除鳌拜。当时，鳌拜的党羽已经遍布朝廷内外，只要自己的行动稍有不慎，就必将打草惊蛇酿成巨祸。少年康熙显示出了过人的勇气和智慧，他决定不露声色地挑选一批身强力壮的八旗子弟，在宫内以练习布库（满族一种类似摔跤的游戏）为乐。鳌拜出入皇宫时，见布库少年互相摔跤，还以为是皇帝年幼沉迷享受，不仅不上前制止，反而暗中鼓励皇帝的这种行为。

康熙八年，少年皇帝认为自己铲除鳌拜的时机终于来临。康熙先把鳌拜的亲信派往各地，让他们离开京城，又培植了自己的亲信掌握京畿重地的兵权。除此外，少年康熙还布置好了六道连环计，意在生擒鳌拜。

第一计：康熙和孝庄太皇太后联同"爱新觉罗家族、赫舍里氏家族、钮钴禄氏家族"，三大家族合并，共同对付鳌拜。

第二计：索尼之子索额图奉命调任康熙侍卫，当天索额图在门外站岗，缴了鳌拜的武器。

第三计：鳌拜所坐的椅子，右上角的腿是锯断又简单黏合的。因为他面圣，身子要朝皇帝那方倾斜，因此这折了的腿不会用上力。

第四计：十几个布库少年中，最厉害的两个，一个在椅子后面服侍；另一个则端上在开水中煮了一个多时辰的茶杯，给鳌拜送茶。

第五计：将生擒鳌拜的地点选在宽阔的武英殿。

第六计：将训练好的十几名布库少年藏于武英殿内。

在铲除鳌拜的头一天，小皇帝召集了身边练习布库的少年侍卫说："你们都是我的股肱亲旧，你们怕我，还是怕鳌拜？"大家众口一致道："怕皇帝。"其实这群小孩子整日在宫内练习武艺和摔跤，他们连鳌拜是谁都不知道。

擒拿鳌拜当天，鳌拜受康熙皇帝召见进入武英殿。在门外，索额图让鳌拜入殿时交出武器。鳌拜托大地想："就算交出去，他们也奈何不了我，再说，一个小皇帝能把我满洲第一勇士怎么样呢？"于是鳌拜交出了自己的随身佩剑。

  来到武英殿之上,康熙不露声色地一声令下:"赐座!"鳌拜就坐在了那把锯断腿的椅子上。按礼仪,鳌拜的身体是倾向皇帝的,接下来的一切都按照小皇帝的计划发展,功夫第二好的布库少年扮成太监,给鳌拜奉茶,鳌拜接过茶杯时觉得非常烫,立马就把茶杯摔了。

  当时他不敢冲皇帝摔杯子,因为那样就是大不敬罪。于是鳌拜的身体就倾向了那条锯断的椅子腿。这时,椅后伺候的布库少年使力一推椅子,鳌拜整个身子连同茶杯一齐摔倒地上。

  两位布库少年同时大喊:"快来扶鳌少保!"这时,早已在武英殿四周埋伏好的布库少年一拥而上,鳌拜还天真地以为这十几个少年是来扶自己的,哪想到他们是要擒拿自己!十几个少年将鳌拜弄得不能动弹后,康熙皇帝突然起身,大声宣读起鳌拜的三十款大罪来。就这样,少年康熙皇帝凭借自己过人的勇气与智慧,成功地铲除了大权臣鳌拜。

第四辑
一只猫的生财之道

学到老的精神

学习的最高境界就是：活到老学到老。这让人们不禁联想到一个人，曾被写入三字经当中的一位耄耋老人，背过三字经的人应该知道这句话："若梁灏，八十二，对大庭，魁多士"，他就是梁灏。

这是北宋时期一个广为流传的实现人生价值的美好寓意的故事，现实生活中也存在这样活到老学到老的人。

他是我们家的邻居，我总是热情地称呼他学霸太爷。他的确配得上这个称呼，我觉得他就是一本可以行走的百科全书，之所以叫他太爷，是因为他已经有九十三岁的高龄了。

在我的印象中，他总是一副老学究的做派，胸前戴着一副老花镜。虽然已经是现代了，他依然习惯穿着一身长衫马褂。他时常手捧着一本厚厚的历史古籍坐在院子里，旁边放一杯清茶，时不时地小啜一口。

每当我和邻居家的小伙伴玩耍跑回来，学霸太爷都会一本正经地叫住我，让我背书。他的儿女有很多不在身边，大都在国外，而他是和小女儿一家生活，小女儿因为身子不好，未曾怀上孩子，所以他对邻门的我很是疼爱，经常对我进行一对一的教授，这让年幼的我很是反感。

也是，对一个孩子来说，在外与小伙伴调皮玩耍才是他们的本性。所以，

所有的果实，都曾是鲜花

我每次见到学霸太爷都会悄悄绕着走。

记得有一次，我写完了学校留的家庭作业，赶着出门与小伙伴会合捉蚂蚱。出门的时候，正好碰到学霸太爷在院中看书，我脚步放慢放轻，想悄悄离开。可是，当我迈出第一步的时候就被他逮个正着。

"小阳，去哪啊？"学霸太爷放下了手中的书，看向了我，我顿时有一种做错了事儿的感觉。

"那个……我去同学家里学习。"这句话一出口，我就后悔了，因为我除了一个自制的小木笼子在手里，没有其他任何东西。

"是去捉蚂蚱吧？"学霸太爷一脸严肃地看着我，令我难为情。

"你过来。"我低着头走了过去，手里紧紧地握着小木笼子，这是我花费三天时间做出来的，不能让辛苦付之东流。想到这里，我把手背了过去，准备迎接学霸太爷的训斥。

"把你手里的小木笼子给我看看。"我惊恐地抬起了头，心里想：看来小木笼子还是保不住了。

我极为不情愿地把这个小木笼子交到学霸太爷的手里，并目不转睛地看着它，等待着它被处理，心里一痛。学霸太爷将手里的小木笼子拿在手里仔细地看了看，饶有兴致，让我有些疑惑。

"小阳，这是你做的？"学霸太爷惊奇地看着我，我默默地点了点头，估计他一定会认为我是一个贪玩的孩子，不学习净搞一些没有用的东西，恐怕他还会告诉母亲。母亲曾经说过让我跟太爷好好学习，虚心请教，我若是做错什么，母亲就会收拾我。所以我一直在他面前表现良好，没想到人算不如天算，我还是栽在了这里。

"你能告诉我你这个笼子是怎么做的吗？"听他这样一问，我只能如实相告。

"很精致，手很巧嘛，小阳，你教我做一个吧。"我猛地抬头，他这算是在夸我吗？我默不作声地站在那里，有些胆怯。

第四辑
一只猫的生财之道

"你是怕我训斥你吧?虽然你这只是为了玩而做的小玩意儿,但是你在其中有过思考,有过实践,并制成了它,其实这也是一个学习的过程。"学霸太爷继续微笑地说:"并不是只有看书才称得上是学习,在我们生活中,到处都可以学到知识。就像这个小木笼子一样,你会做,但是我不会,我对于不会的事物不求甚解,思考并实践,这便是学习。别看我已经九十多岁了,但要学的东西还有很多,因为学无止境啊。"

我若有所思,虽然不太懂他的话,但是他的话我一直铭记于心。直到后来,我上了高中,才深刻明白学霸太爷的这句话。也是因为这句话,我不求甚解,如今成为一名文学学者。

活到老学到老,这是一种贵在坚持的精神。这一点不是一般人能够做到的,它代表着一个人的毅力、坚持和执着。对于学习的挚爱是发自内心的,已经很少有人如此了。

人生就是一个学习的过程,人只要有这种不求甚解的求知态度,才能够学到更多的知识。

所有的果实，
都曾是鲜花

有一颗贵在坚持的心

当小刘走出大学校门的那一刻，他满心欢喜。因为他正憧憬着自己美好的未来和崭新的人生。

他怀揣着理想，拿着已经印好的一叠简历走向了人才市场。对于求职，小刘很有信心，他希望可以凭借着自己出色的能力和敏捷的思维征服各位大公司的老板。

有一次，他到一家外企面试，面试官看过他的简历后，满意地点了点头。的确，他出类拔萃，在大学的时候，他曾经出任过学生会主席，积极参与了学校的各种活动，所以在人际交流方面，他有着丰富的经验，并且口才流利；专业学习成绩也非常优异，深得老师们的喜欢。正因为如此，他骄傲地认为自己是一个难得的人才，一定会有独具慧眼的老板赏识他。

于是，他如愿以偿地通过了这次面试，顺利获得了这份工作。进入外企后，他做事能力出众，很快就得到了所在部门主管的赏识。不久后，他在其他同事羡慕的目光下升职加薪。对于其他人来说，现在的他应该趁热打铁，好好表现，这样才能走得更远。

然而，他的做法大大出乎了人们的意料，他跳槽到了另一家外企出任主管。此时，他仅仅在这家离职的公司做了三个月。原来，他在工作的时候，

第四辑
一只猫的生财之道

常常与很多公司打交道。有些公司的老板觉得小刘能力很强，便想要挖墙脚，提出了更多诱人的条件。小刘年轻气盛，觉得自己早就应该坐到主管的位置，只是碍于主管曾经提携过自己，不好意思争罢了。

他认为这对他来说是一个机遇，他必须把握住，否则机会稍纵即逝。想到这里，他马上向主管递上了辞呈。虽然是一家比原来实力小很多的公司，但是对于他来说却无所谓，职位比原来高才能证明他的能力。

在这家公司任职不久后，他发现工作中有很多不尽人意的地方，与部门员工相处不好、现在的老板也没有原来的老板赏识自己。尽管给了他想要的职位，但他还是觉得老板对自己根本不够重视。

就这样，他毅然决然地离开了这家公司，本想凭自己的能力找一份工作是没有什么问题。他开始寻找新的工作，他开始变得眼高手低。毕业五年，他换了五份工作。在面试工作的时候，也没有原来那样顺利了。他看上的工作，对方公司看不上他；对方公司看上他了，而他又觉得薪资低，职位也不高，凭他的能力怎么可能甘心从一个比原来低的职位做起？想到这里，他挑三拣四，以工作性质不理想、地理位置偏僻等客观因素放弃了各种各样的工作。总之，想找一个十全十美的工作比登天还难。

他不明白为什么自己拥有能力而没有人赏识？小刘开始郁闷起来，有些颓废，这与当初他憧憬的未来背道而驰。

有一天，他在找工作的时候遇到了自己大学时的同班同学小陈，两个人在大学时候关系不错，不过因为毕业后各自忙着工作的事情，所以很少联系。

他们找了一家餐馆坐下来一起吃饭，彼此询问了对方的近况。小刘向小陈抱怨着自己的遭遇，小陈耐心地听完后微笑说道："我记得在大学的时候，你是我们整个专业的骄傲，办事能力出众，人际交往沟通能力又强，在毕业的时候也是先于我们所有人找到了工作。那个时候，我特别羡慕你，自愧当初没有好好努力。当我找到了第一份工作的时候，格外珍惜，并为

所有的果实，都曾是鲜花

此努力拼搏。我知道自己的能力差，所以虚心向其他同事学习。"

"期间没有跳槽吗？"小刘有些惊讶地看着小陈。

"没有，在这家公司，我一干就是五年，虽然刚开始的时候，我的能力很差，不过我通过在公司的学习和锻炼，积累了不少工作经验，并出色地完成了很多任务。后来我们公司部门主管很赏识我，开始逐渐提拔我。如今，我已经坐到了销售部经理的位置，付出的辛苦总算是没有白费。"看到小刘羞愧地低下头，小陈接着说道："其实你的能力不错，如果当初你还在原来的那家公司工作，兴许你现在早就做到经理这个位子了。"

小刘回到家里，无力地坐在了沙发上。他回想起与小陈的对话，他开始沉思，并反省过去的自己。五年来自己都干了什么？有什么收获？他苦涩地看着桌上刚刚印出来的简历，在那上面除了长长的工作经历外，似乎没有其他什么了。

年近三十岁，他一事无成。虽然五年里每一次的跳槽都让他的薪资提升，但是过不了多久，那种满足感会消失殆尽，取而代之的是对工作的厌倦。他开始各种抱怨和不满，最终辞职。

其实，五年来，他每一次放弃的理由都是那么理所应当，但又是如此的牵强。小陈为什么能够取得今天的成功？因为他贵在坚持，而这种坚持的精神正是自己缺少的。

一番思考后，他恍然大悟。他重新调整好自己的心态，并积极投入到寻找工作的旅程。终于，他获得了一份工作，虽然薪资职位没有原来那样高，但是他能够踏踏实实、努力工作，全力以赴地做到最好。最终，他成为这家公司的经理。

想要在职场上脱颖而出，才华能力是基础，而最重要的是要有一颗贵在坚持的心。

第四辑
一只猫的生财之道

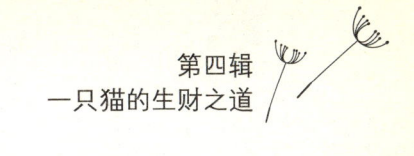

不要让梦遥不可及

从前，有一片广袤无垠的田野，这里土壤肥沃，水草丰美。在这田野的附近有一处村庄，村里的人都是靠这片沃土种植庄稼、养家糊口。

为了能够方便灌溉这片庄稼地，村里的人决定在这附近挖两条河道。不过，在挖河道的时候，其中的一条河道挖得比较宽，另一条河道挖得较窄。

这两条河道挖好后，确实给村里带来了诸多方便。它们勤勤恳恳地灌溉着周围的庄稼地，让地里的庄稼茂盛生长，也让村里的人解决了吃水用水的难题。后来，庄稼年年丰收，村里的人喜笑颜开。两条河道也因为自己的勤恳付出，换来了村民们的感恩，它们觉得自己很有成就感。

可是，每天无限循环的工作让大河道感到厌烦，它听人们说村庄外有海的存在，一望无际的汪洋大海，它被人们所喜爱。大河道很羡慕大海，希望自己未来有一天也可以像海一样，并跟小河道诉说了心中的想法。小河道并不觉得大河道口中的海有什么稀奇，大家只是职能分工不一样，做好自己的工作同样能够得到人们的喜欢。

大河道认为小河道太没有追求了，开始轻视小河道，它认为自己不能像小河道一样，永远在这乡野当中。大河道向往大海的方向，它想要冲出重围。而小河道一如既往踏实勤恳地灌溉着庄稼地，它还时常与村庄里的

所有的果实，都曾是鲜花

孩子们嬉戏。

大河道用尽浑身力气，让浪花拓宽自己的领域，一浪高过一浪，向着目标前进。虽然这个过程很曲折、艰辛，但它依然坚持不懈，向着大海挺进。大河道克服了重重困难，它冲破许多田埂和洼地，又越过小山峰。他很是欣喜，因为他离目标越来越近。此时，它回过头来，看着远处依然勤恳灌溉农田的小河道，忍不住嘲笑他了几声，没有追求就只能在那里为人们辛勤劳作。

想到这里，大河道马上振作精神向着更远的地方迈进。不幸的是，正当它满心欢喜地向大海靠拢时，它一头扎进了同样广袤无垠的沙漠，沙漠吞噬着大河道的水分。由于大河道在路上分散了很多水分，它本就伤痕累累的身躯，显得更加虚弱。渐渐地，它仅存的那一点水分挥发殆尽。大河道虽有很多不甘心，但由于它给自己设立了一个不切实际的梦想，为此它付出了惨痛的代价。

在大河道追随大海后，大河道里的水干涸了，取而代之的是淤泥。它把整条河道给塞满了，人们觉得没有用处了，便将河道填平。而旁边那条小河道依然勤恳劳作，一心灌溉着庄稼，造福村民，它为庄稼的丰收立下了汗马功劳。可是，由于小河道的水难以支撑庄稼的灌溉量，村民们决定将小河道拓宽。新拓宽的河道比原来的大河道还宽出许多。

这条河道养育了周围村庄几代人，被周围的人称作是"母亲河"，而当初的大河早已被人们所遗忘。相比之下，小河道成为最后的赢家。

不要把自己的目标设置的太远大，让自己遥不可及。所以，要时刻清楚自己的能力，才能让自己走向成功。否则，对伟大的梦想来说，不能实现，也只能是徒劳。

梦想没有大小

小时候，我们总会有很多这样或那样的梦想，在当时看来这些梦想对于年幼的我们来说，总是那样遥不可及，那是因为我们的能力很小。长大后，当我们回顾自己小时候的梦想时，总觉得很幼稚。为什么自己当初不给自己设立一个目标呢？

小吴并不这么想，他觉得梦想没有大小。若是梦想值得追求，那就努力去做。

小时候，小吴同其他的孩子一样，他有自己的梦想。记得有一次，他在上语文的时候，老师布置了一项家庭作业——写一篇有关于自己梦想的作文，同学们都很激动，七嘴八舌地谈论着自己的梦想，而小吴默默地坐在一旁，望着手中的画，一言不发。

放学后，他马上奔回家中。放下书包后，他拿出了那张画，上面画着一辆大型卡车。他盯了一会儿这幅画，突然抓起了桌上的笔，在作文本上奋笔疾书。很快，他就完成了这篇关于梦想的作文，他心满意足地合上了作文本，并将桌上的画贴在了床头前。第二天，他将作文本交给了语文老师。

很快，语文老师将批改完的语文作文分发到每位同学的手中，当他打开作文本的时候，他很欣喜。老师的评语："你的梦想值得鼓励，希望你

所有的果实，
都曾是鲜花

可以拥有这样一辆车，走遍这个世界的每一个角落。"

那一刻，拥有一辆大卡车成为他的梦想。

他努力学习，勤奋刻苦。每当感到疲惫的时候，他望着自己床头前那张大卡车的画，便又打起了精神，继续用功读书。后来，他坚持选择了他所爱的理科，学习机械制造专业。他经常会看一些关于大型汽车制造的相关书籍，还会自己尝试画一些汽车构造设计图。为此，他总是埋头苦作，废寝忘食。床头的那张大卡车的画，他一直带在身边，因为这是他的动力源泉。

小吴毕业后来到了一家汽车制造公司工作，他第一次真正意义上接触汽车制造的过程。虽然是任职技术人员，但他如同一位老员工，在工作过程中，他熟练的操作技能让其他同事为之惊叹。若不是看过他的履历，真的会以为他就是一名老手。由于技术娴熟，工作中表现出色，他很快脱颖而出。

后来，他参与了大型卡车设计的工作，这份工作让他异常兴奋，因为他离自己的目标不再遥远。接下任务后，他开始认真地研究汽车结构，分析每一个环节，筛选构造汽车的所有零件，力求让这部卡车看起来更加完美。他彻夜画设计图，连他的同事都觉得他有些疯狂。为了工作，他如此卖命，家人都很心疼他。不过，他都毫不在意，心心念念地想要完成设计图，向着自己的卡车之梦大步迈进。

功夫不负有心人。他不眠不休画出来的设计图，通过审查，最终投入生产。他高兴地跳了起来，并嚷着要购买生产出来的第一辆大卡车。同事们很疑惑，他们不懂小吴为什么对大卡车如此上心，而且他一个技术员，又不是货车司机，买大卡车做什么？

大卡车生产出来后，小吴真的买了一辆回家，他围着这辆大卡车看了许久。这是他生产出来的大卡车，荣誉感、成就感油然而生。他异常激动，因为这距离他走遍世界各地的梦想越来越近。

第四辑
一只猫的生财之道

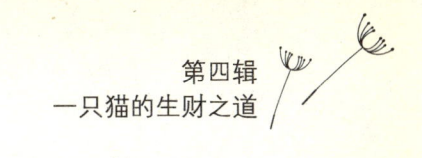

　　后来,他把买回来的这辆大卡车改装成一辆"房车"。小吴只要有时间,他就会开上这辆自己生产出来的车奔走各个地方。在这辆卡车的货箱里,书桌、床、小沙发、电视等生活用品一应俱全,就如同一个家。

　　他的朋友们都很羡慕小吴,这让他觉得很自豪。这就是他的梦想,虽然并不大,但是却让自己很满足。

　　梦想不分大小,只要它值得你做,它就可以成为你的追求。

所有的果实,
都曾是鲜花

一只猫的生财之道

它是一只流浪猫,从出生后,就再也没有见过父母。它从来不知道自己的父母是谁。幸好,有一户好心的人家常常喂食给它,它才得以生存下去。

但是,好景不长,这户好心人搬了家,从此它过上了饥一顿饱一顿的日子。迫于生活的无奈,它逼着自己学会长大。穷猫家的幼崽早当家,聪明的它,很小就学会了抓老鼠的本领。可是现如今老鼠也很狡猾,它不是每一次都能很幸运地抓住老鼠。为了填饱肚子,它大部分时间都是去垃圾箱里,翻找可以吃的东西。

这只小猫从小就立下了一个远大的理想,它想出猫头地。虽然没有父母的庇护和帮衬,它很顽强,并通过自己的努力,让自己不再饿肚子。因为它是一只流浪猫,所以并不受人们的待见,还经常遭到周围人的驱赶。人类也就算了,还有一些养在人类家里的那些家猫,经常欺负弱小的它。它总是忍气吞声,因为它知道自己还没有能力与它们抗衡。

它最羡慕的就是这些家猫,由于它们生活得无忧无虑,不需要自己抓老鼠。当然,它们也不会吃老鼠,因为老鼠肉已经不能够满足它们的需求,它们更多的是吃主人喂给它们的新鲜食物,如:小鱼、牛奶、水果等。它们如果想吃的话,撒娇卖萌就会拥有,而它只能眼巴巴地看着这些家猫过

第四辑
一只猫的生财之道

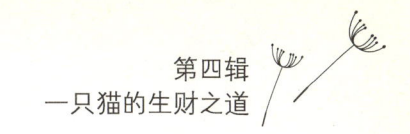

这种富裕生活。

它不相信自己永远只能过着忍饥挨饿的生活。一直坚信努力奋斗的它，总有一天，也会过上这种无忧无虑的生活。

于是，这只顽强的小猫开始了勤奋刻苦的生活，为了能够抓到更多的老鼠，它每天起来很早，去练习爬墙、爬树、奔跑等，它认为：只要功夫深，晚餐就能叠成山……它如此的卖力气，每天夜里忙个不停，让方圆数十里的老鼠对它闻风丧胆。

逐渐地，它长大了，并且拥有强健的体魄和练就了敏捷的身手。它成为附近这些猫中的佼佼者，它凭着自己抓老鼠的本领而闻名。

有一天，它发现这些家猫也会捉老鼠来吃，原因是想尝试吃一些野味，家里喂食的东西有点吃腻了。可是，家猫们自己不会抓老鼠，它们为此而苦恼。它仿佛看到了发财的机会，觉得捉老鼠给这些家猫，应该很有市场。

它激动地跑去抓老鼠，经过一晚的奋斗，一共收获了五十只老鼠。它心满意足地带着袋子里的老鼠走向家猫聚集地，这里是家猫经常玩耍交流的地方。当它把袋子放在了家猫们的面前时，家猫们感到意外。

"这里是我昨晚抓到的老鼠，都是野生鼠，很滋补。如果哪只猫想要的话，可以拿鱼等食物作为交换。"小猫此言一出，家猫们感觉这件事很新奇。它们想自己没有能力抓老鼠，拿自己的食物换老鼠，也是很不错的。它们纷纷赶回自己的家中，各自拿出食物，赶着过来与它交换。不一会儿，它袋子里的老鼠被一抢而空。

看着自己眼前一堆好吃的，它非常兴奋，因为这些吃的可以够它吃很久。更重要的是，这条发财之路切实可行。自那以后，它开创了一条发财之路，成立了一个抓鼠团队，雇佣几只流浪猫并教会它们抓老鼠的技能。逐渐地，它的生意越做越大，方圆数百里的地方都知道它的名号，它终于实现了自己出猫头地的梦想。

所有的果实，
都曾是鲜花

理想与现实并存

  雄心壮志的梦想总是让人遥不可及，或许是因为工作的原因，让人们对于梦想的渴望不再那样执着。总是因为工作忙、工作累等因素，婉拒着梦想。渐渐地，梦想成为人们心中一个美丽的梦。

  这个年轻人，他正苦恼自己是应该为梦想而努力奋斗，还是应该抛弃梦想，去寻找一份踏实稳定的工作。思来想去，他的头像是要爆炸一样。小时候，他的梦想是当一名水手；而长大后，父母给他安排了一个稳定的工作，毕业后就可以上岗。孝顺的他不忍心拒绝父母的好心，可是自己的梦想就因此而不能实现。选择，就意味着放弃。这是一个单选题，梦想与工作之间他必须做出相应的选择，这让他彻夜难眠。

  最终，他还是选择了听从父母的安排，来到已经安排好的工作单位进行工作。每天的工作枯燥乏味，让他感到有些厌倦。因为这并非自己所追求的工作，厌恶感从心里油然而生。对于领导交给自己的工作任务，他开始敷衍了事，对工作没有积极性。颓废的他连上班都不愿意去，隔三岔五地跟领导请假。

  由于他的工作态度不端正，最后被辞退。他拿着东西从单位里走出来的那一刻，终于松了一口气。或许，这对于他来说是一种解脱吧。

第四辑 一只猫的生财之道

下岗后，他对自己的人生产生了迷茫。他并不知道自己接下来该何去何从，父母又为他联系新工作。这时的他并不想重蹈覆辙。就这样，他决定先去旅游散心，回来后再考虑工作的问题。

他最喜欢去的地方就是海边，所以他在一个小岛上开启了这次旅行。这是一个独立的岛屿，与大陆相隔不远。岛上生活着很多居民，他们经常接待来自外地的游客。听岛民说，有很多大都市里的年轻人经常到这里来度假，放松紧绷的神经。

这个岛上有一位年近六旬的老人，虽然是老人，但是身体依然硬朗。他从事了一辈子的摆渡工作，每天都要往返于小岛与大陆之间。无论是严寒酷暑，刮风下雨，老人周而复始，从没未停止过。

年轻人坐着老人的船向小岛驶去，细心的他很快发现老人手中船桨上雕刻的字。一只船桨上刻着工作，另一只船桨上刻着理想。他很好奇地问道："大爷，您这两只船桨上为什么刻这四个字啊？"

"你看着，我给你演示一下。"老人耐心地给年轻人示范，他将刻着"工作"的船桨放在船上，只用刻着"理想"的船桨继续划船，小船在原地转了一圈，并没有前进。然后，老人又将"理想"的船桨丢下，又拿起了"工作"的船桨继续划船，小船只是调转了方向，仍然是在原地转了一圈。老人最后将这两只船桨都拿起来划船，小船飞快地向前行进。

年轻人若有所思，老人接着说道："看见了吗？划船，其实就跟人生一样，'理想'和'工作'是人生中不可或缺的两个载体。他们互依互存，协调好两只船桨的位置，你才能找准航向远行，最终到达胜利的彼岸。如果在划船的过程中，你丢弃了其中一只船桨，那么你就会停滞不前，在原地打转，永远到不了彼岸。"

听完老人的这一席话，年轻人如醍醐灌顶一般，他终于明白，困扰他这么久的问题在于他丢弃了自己的理想，只是为了工作而工作。如果他是为了理想而工作，那么结局一定不会是这样。

所有的果实，
都曾是鲜花

　　他收拾好行囊，回到家中向父母提及了这件事。他说出了自己的想法，父母很支持他。他找到了一家船运公司，工作需要他经常乘船出海。干劲十足的他慢慢成为这家船运公司的管理者。